目录 Contents

001 论辩的魂灵 / 鲁迅
005 言论自由的界限 / 鲁迅
008 战士和苍蝇 / 鲁迅
010 拿来主义 / 鲁迅
014 论"人言可畏" / 鲁迅
019 再论雷峰塔的倒掉 / 鲁迅
024 娜拉走后怎样 / 鲁迅
　　——一九二三年十二月二十六日
　　在北京女子高等师范学校文艺会讲

032 论睁了眼看 / 鲁迅
038 论"他妈的!" / 鲁迅
043 随感录二十五 / 鲁迅
046 夏三虫 / 鲁迅
048 杂感 / 鲁迅
051 导师 / 鲁迅

054　这个与那个 / 鲁迅
063　碎话 / 鲁迅
067　学界的三魂 / 鲁迅
071　一点比喻 / 鲁迅
075　送灶日漫笔 / 鲁迅
079　记念刘和珍君 / 鲁迅
086　世故三昧 / 鲁迅

090　谚语 / 鲁迅
093　谣言世家 / 鲁迅
096　观斗 / 鲁迅
098　从讽刺到幽默 / 鲁迅
100　从幽默到正经 / 鲁迅
102　安贫乐道法 / 鲁迅
105　骂杀与捧杀 / 鲁迅

108 漫骂 / 鲁迅

110 女人未必多说谎 / 鲁迅

112 批评家的批评家 / 鲁迅

114 难行和不信 / 鲁迅

117 论讽刺 / 鲁迅

120 无声的中国 / 鲁迅
　　　——二月十六日在香港青年会讲

126 运命 / 鲁迅

129 名人和名言 / 鲁迅

134 夜颂 / 鲁迅

136 玩笑只当它玩笑（上）/ 鲁迅

139 文公直给康伯度的信

141 康伯度答文公直

143 无花的蔷薇 / 鲁迅

149　不负责任的坦克车 / 鲁迅

151　革命文学 / 鲁迅

154　外国也有 / 鲁迅

156　论幽默（节选）/ 林语堂

162　我的信仰 / 林语堂

173　脸与法治 / 林语堂

176　论政治病 / 林语堂

180　中国人之聪明 / 林语堂

184　悲观 / 梁实秋

186　说胖 / 梁实秋

190　吃醋 / 梁实秋

193　为什么不说实话？/ 梁实秋

195　义愤 / 梁实秋

198　火 / 梁实秋

论辩的魂灵 / 鲁迅

二十年前到黑市，买得一张符，名叫"鬼画符"。虽然不过一团糟，但帖在壁上看起来，却随时显出各样的文字，是处世的宝训，立身的金箴。今年又到黑市去，又买得一张符，也是"鬼画符"。但帖了起来看，也还是那一张，并不见什么增补和修改。今夜看出来的大题目是"论辩的魂灵"；细注道："祖传老年中年青年'逻辑'扶乩灭洋必胜妙法太上老君急急如律令敕"。今谨摘录数条，以公同好——

"洋奴会说洋话。你主张读洋书，就是洋奴，人格破产了！受人格破产的洋奴崇拜的洋书，其价值从可知矣！但我读洋文是学校的课程，是政府的功令，反对者，即反对政府也。无父无君之无政府党，人人得而诛之。"

"你说中国不好。你是外国人么？为什么不到外国去？可惜外国人看你不起……"

"你说甲生疮。甲是中国人，你就是说中国人生疮了。既然中国人生疮，你是中国人，就是你也生疮了。你既然也生疮，你就和甲一样。而你只说甲生疮，则竟无自知之明，你的话还有什么价值？倘你没有生疮，是说诳也。卖国贼是说诳的，所以你是卖国贼。我骂卖国贼，所以我是爱国者。爱国者的话是最有价值的，所以我的话是不错的，我的话既然不错，你就是卖国贼无疑了！"

"自由结婚未免太过激了。其实，我也并非老顽固，中国提倡女学的还是我第一个。但他们却太趋极端了，太趋极端，即有亡国之祸，所以气得我偏要说'男女授受不亲'。况且，凡事不可过激；过激派都主张共妻主义的。乙赞成自由结婚，不就是主张共妻主义么？他既然主张共妻主义，就应该先将他的妻拿出来给我们'共'。"

"丙讲革命是为的要图利：不为图利，为什么要讲革命？我亲眼看见他三千七百九十一箱半的现金抬进门。你说不然，反对我么？那么，你就是他的同党。呜呼，党同伐异之风，于今为烈，提倡欧化者不得辞其咎矣！"

"丁牺牲了性命，乃是闹得一塌糊涂，活不下去了的缘故。现在妄称志士，诸君切勿为其所愚。况且，中国不是更坏了么？"

"戊能算什么英雄呢？听说，一声爆竹，他也会吃惊。还怕爆竹，能听枪炮声么？怕听枪炮声，打起仗来不要逃跑么？打起仗来就逃跑的反称英雄，所以中国糟透了。"

"你自以为是'人'，我却以为非也。我是畜类，现在我就叫你爹爹。你既然是畜类的爹爹，当然也就是畜类了。"

"勿用惊叹符号，这是足以亡国的。但我所用的几个在例外。
中庸太太提起笔来，取精神文明精髓，作明哲保身大吉大利格言二句云：

　　中学为体西学用，不薄今人爱古人。"

　　本篇最初发表于一九二五年三月九日北京《语丝》周刊第十七期。

言论自由的界限 / 鲁迅

看《红楼梦》,觉得贾府上是言论颇不自由的地方。焦大以奴才的身分,仗着酒醉,从主子骂起,直到别的一切奴才,说只有两个石狮子干净。结果怎样呢?结果是主子深恶,奴才痛嫉,给他塞了一嘴马粪。

其实是,焦大的骂,并非要打倒贾府,倒是要贾府好,不过说主奴如此,贾府就要弄不下去罢了。然而得到的报酬是马粪。所以这焦大,实在是贾府的屈原,假使他能做文章,我想,恐怕也会有一篇《离骚》之类。

三年前的新月社诸君子,不幸和焦大有了相类的境遇。他们引经据典,对于党国有了一点微词,虽然引的大抵是英国经典,但何尝有丝毫不利于党国的恶意,不过说:"老爷,人家的衣服多么干净,您老人家的可有些儿脏,应该洗它一洗"罢了。不料"荃不察余之中情兮",来了一嘴的马粪:国报同声致讨,连《新月》杂志也遭殃。但新月社究竟是文人学士的团体,这时就也来了一大堆引据三民主义,辨明心迹的"离骚经"。现在好了,吐出马粪,换塞甜头,有的顾问,有的教授,有的秘书,有的大学院长,言论自由,《新月》也满是所谓"为文艺的文艺"了。

这就是文人学士究竟比不识字的奴才聪明,党国究竟比贾府高明,现在究竟比乾隆时候光明:三明主义。

然而竟还有人在嚷着要求言论自由。世界上没有这许多甜头,我想,该是明白的罢,这误解,大约是在没有悟到现在的言论自由,只以能够表示主人的宽宏大度的说些"老爷,你的衣服……"为限,而还想说开去。

这是断乎不行的。前一种,是和《新月》受难时代不同,现在好像已有的了,这《自由谈》也就是一个证据,虽然有时还有几位拿着马粪,前来探头探脑的英雄。至于想说开去,那就足以破坏言论自由的保障。要知道现在虽比先前光明,但也比先前利害,一说开去,是连性命都要送掉的。即使有了言论自由的明令,也千万大意不得。这我是亲眼见过好几回的,非"卖老"也,不自觉其做奴才之君子,幸想一想而垂鉴焉。

四月十七日。

本篇最初发表于一九三三年四月二十二日《申报·自由谈》。

战士和苍蝇 / 鲁迅

Schopenhauer说过这样的话：要估定人的伟大，则精神上的大和体格上的大，那法则完全相反。后者距离愈远即愈小，前者却见得愈大。

正因为近则愈小，而且愈看见缺点和创伤，所以他就和我们一样，不是神道，不是妖怪，不是异兽。他仍然是人，不过如此。但也惟其如此，所以他是伟大的人。

战士战死了的时候，苍蝇们所首先发见的是他的缺点和伤痕，嘬着，营营地叫着，以为得意，以为比死了的战士更英雄。但是战士已经战死了，不再来挥去他们。于是乎苍蝇们即更其营营地叫，自以为倒是不朽的声音，因为它们的完全，远在战士之上。

的确的，谁也没有发见过苍蝇们的缺点和创伤。

然而，有缺点的战士终竟是战士，完美的苍蝇也终竟不过是苍蝇。

去罢，苍蝇们！虽然生着翅子，还能营营，总不会超过战士的。你们这些虫豸们！

三月二十一日。

本篇最初发表于一九二五年三月二十四日北京《京报》附刊《民众文艺周刊》第十四号。

拿来主义 / 鲁迅

中国一向是所谓"闭关主义",自己不去,别人也不许来。自从给枪炮打破了大门之后,又碰了一串钉子,到现在,成了什么都是"送去主义"了。别的且不说罢,单是学艺上的东西,近来就先送一批古董到巴黎去展览,但终"不知后事如何";还有几位"大师"们捧着几张古画和新画,在欧洲各国一路的挂过去,叫作"发扬国光"。听说不远还要送梅兰芳博士到苏联去,以催进"象征主义",此后是顺便到欧洲传道。我在这里不想讨论梅博士演艺和象征主义的关系,总之,活人替代了古董,我敢说,也可以算得显出一点进步了。

但我们没有人根据了"礼尚往来"的仪节,说道:拿来!

当然,能够只是送出去,也不算坏事情,一者见得丰富,二者

拿来主义

见得大度。尼采就自诩过他是太阳，光热无穷，只是给与，不想取得。然而尼采究竟不是太阳，他发了疯。中国也不是，虽然有人说，掘起地下的煤来，就足够全世界几百年之用，但是，几百年之后呢？几百年之后，我们当然是化为魂灵，或上天堂，或落了地狱，但我们的子孙是在的，所以还应该给他们留下一点礼品。要不然，则当佳节大典之际，他们拿不出东西来，只好磕头贺喜，讨一点残羹冷炙做奖赏。

这种奖赏，不要误解为"抛来"的东西，这是"抛给"的，说得冠冕些，可以称之为"送来"，我在这里不想举出实例。

我在这里也并不想对于"送去"再说什么，否则太不"摩登"了。我只想鼓吹我们再吝啬一点，"送去"之外，还得"拿来"，是为"拿来主义"。

但我们被"送来"的东西吓怕了。先有英国的鸦片，德国的废枪炮，后有法国的香粉，美国的电影，日本的印着"完全国货"的各种小东西。于是连清醒的青年们，也对于洋货发生了恐怖。其实，这正是因为那是"送来"的，而不是"拿来"的缘故。

所以我们要运用脑髓，放出眼光，自己来拿！

譬如罢，我们之中的一个穷青年，因为祖上的阴功（姑且让我这么说说罢），得了一所大宅子，且不问他是骗来的，抢来的，或合法继承的,或是做了女婿换来的。那么,怎么办呢?我想,首先是不管三七二十一,"拿来"!但是,如果反对这宅子的旧主人,怕给他的东西染污了,徘徊不敢走进门,是孱头;勃然大怒,放一把火烧光,算是保存自己的清白,则是昏蛋。不过因为原是羡慕这宅子的旧主人的,而这回接受一切,欣欣然的蹩进卧室,大吸剩下的鸦片,那当然更是废物。"拿来主义"者是全不这样的。

他占有,挑选。看见鱼翅,并不就抛在路上以显其"平民化",只要有养料,也和朋友们像萝卜白菜一样的吃掉,只不用它来宴大宾;看见鸦片,也不当众摔在毛厕里,以见其彻底革命,只送到药房里去,以供治病之用,却不弄"出售存膏,售完即止"的玄虚。只有烟枪和烟灯,虽然形式和印度,波斯,阿剌伯的烟具都不同,确可以算是一种国粹,倘使背着周游世界,一定会有人看,但我想,除了送一点进博物馆之外,其余的是大可以毁掉的了。还有一群姨太太,也大以请她们各自走散为是,要不然,"拿来主义"怕未免有些危机。

总之,我们要拿来。我们要或使用,或存放,或毁灭。那么,主人是新主人,宅子也就会成为新宅子。然而首先要这人沉着,勇猛，有辨别，不自私。没有拿来的，人不能自成为新人，没有拿来的，文艺不能自成为新文艺。

　　　　　　　　　　　　　　　　　　　　　　　六月四日。

本篇最初发表于一九三四年六月七日《中华日报·动向》。

论"人言可畏" / 鲁迅

"人言可畏"是电影明星阮玲玉自杀之后,发见于她的遗书中的话。这哄动一时的事件,经过了一通空论,已经渐渐冷落了,只要《玲玉香消记》一停演,就如去年的艾霞自杀事件一样,完全烟消火灭。她们的死,不过像在无边的人海里添了几粒盐,虽然使扯淡的嘴巴们觉得有些味道,但不久也还是淡,淡,淡。

这句话,开初是也曾惹起一点小风波的。有评论者,说是使她自杀之咎,可见也在日报记事对于她的诉讼事件的张扬;不久就有一位记者公开的反驳,以为现在的报纸的地位,舆论的威信,可怜极了,那里还有丝毫主宰谁的运命的力量,况且那些记载,大抵采自经官的事实,绝非捏造的谣言,旧报具在,可以复按。所以阮玲玉的死,和新闻记者是毫无关系的。

论"人言可畏"

　　这都可以算是真实话。然而——也不尽然。

　　现在的报章之不能像个报章，是真的；评论的不能逞心而谈，失了威力，也是真的，明眼人决不会过分的责备新闻记者。但是，新闻的威力其实是并未全盘坠地的，它对甲无损，对乙却会有伤；对强者它是弱者，但对更弱者它却还是强者，所以有时虽然吞声忍气，有时仍可以耀武扬威。于是阮玲玉之流，就成了发扬余威的好材料了，因为她颇有名，却无力。小市民总爱听人们的丑闻，尤其是有些熟识的人的丑闻。上海的街头巷尾的老虔婆，一知道近邻的阿二嫂家有野男人出入，津津乐道，但如果对她讲甘肃的谁在偷汉，新疆的谁在再嫁，她就不要听了。阮玲玉正在现身银幕，是一个大家认识的人，因此她更是给报章凑热闹的好材料，至少也可以增加一点销场。读者看了这些，有的想："我虽然没有阮玲玉那么漂亮，却比她正经"；有的想："我虽然不及阮玉玲的有本领，却比她出身高"；连自杀了之后，也还可以给人想："我虽然没有阮玲玉的技艺，却比她有勇气，因为我没有自杀"。化几个铜元就发见了自己的优胜，那当然是很上算的。但靠演艺为生的人，一遇到公众发生了上述的前两种的感想，她就够走到末路了。所以我们且不要高谈什么连自己也并不了然的社会组织或意志强弱的滥调，先来设身处地的想一想罢，那么，大概就会知道阮玲玉的以为"人言可畏",是真的,或人的以为她的自杀,和新闻记事有关,也是真的。

但新闻记者的辩解,以为记载大抵采自经官的事实,却也是真的。上海的有些介乎大报和小报之间的报章,那社会新闻,几乎大半是官司已经吃到公安局或工部局去了的案件。但有一点坏习气,是偏要加上些描写,对于女性,尤喜欢加上些描写;这种案件,是不会有名公巨卿在内的,因此也更不妨加上些描写。案中的男人的年纪和相貌,是大抵写得老实的,一遇到女人,可就要发挥才藻了,不是"徐娘半老,风韵犹存",就是"豆蔻年华,玲珑可爱"。一个女孩儿跑掉了,自奔或被诱还不可知,才子就断定道,"小姑独宿,不惯无郎",你怎么知道?一个村妇再醮了两回,原是穷乡僻壤的常事,一到才子的笔下,就又赐以大字的题目道,"奇淫不减武则天",这程度你又怎么知道?这些轻薄句子,加之村姑,大约是并无什么影响的,她不识字,她的关系人也未必看报。但对于一个智识者,尤其是对于一个出到社会上了的女性,却足够使她受伤,更不必说故意张扬,特别渲染的文字了。然而中国的习惯,这些句子是摇笔即来,不假思索的,这时不但不会想到这也是玩弄着女性,并且也不会想到自己乃是人民的喉舌。但是,无论你怎么描写,在强者是毫不要紧的,只消一封信,就会有

论"人言可畏"

正误或道歉接着登出来，不过无拳无勇如阮玲玉，可就正做了吃苦的材料了，她被额外的画上一脸花，没法洗刷。叫她奋斗吗？她没有机关报，怎么奋斗；有冤无头，有怨无主，和谁奋斗呢？我们又可以设身处地的想一想，那么，大概就又知她的以为"人言可畏"，是真的，或人的以为她的自杀，和新闻记事有关，也是真的。

然而，先前已经说过，现在的报章的失了力量，却也是真的，不过我以为还没有到达如记者先生所自谦，竟至一钱不值，毫无责任的时候。因为它对于更弱者如阮玲玉一流人，也还有左右她命运的若干力量的，这也就是说，它还能为恶，自然也还能为善。"有闻必录"或"并无能力"的话，都不是向上的负责的记者所该采用的口头禅，因为在实际上，并不如此，——它是有选择的，有作用的。

至于阮玲玉的自杀，我并不想为她辩护。我是不赞成自杀，自己也不豫备自杀的。但我的不豫备自杀，不是不屑，却因为不能。凡有谁自杀了，现在是总要受一通强毅的评论家的呵斥，阮玲玉当然也不在例外。然而我想，自杀其实是不很容易，决没有我们不豫备自杀的人们所渺视的那么轻而易举的。倘有谁以为容易么，那么，你倒试试看！

自然，能试的勇者恐怕也多得很，不过他不屑，因为他有对于社会的伟大的任务。那不消说，更加是好极了，但我希望大家都有一本笔记簿，写下所尽的伟大的任务来，到得有了曾孙的时候，拿出来算一算，看看怎么样。

五月五日。

本篇最初发表于一九三五年五月二十日《太白》半月刊第二卷第五期。

再论雷峰塔的倒掉 / 鲁迅

从崇轩先生的通信(二月份《京报副刊》)里,知道他在轮船上听到两个旅客谈话,说是杭州雷峰塔之所以倒掉,是因为乡下人迷信那塔砖放在自己的家中,凡事都必平安,如意,逢凶化吉,于是这个也挖,那个也挖,挖之久久,便倒了。一个旅客并且再三叹息道:西湖十景这可缺了呵!

这消息,可又使我有点畅快了,虽然明知道幸灾乐祸,不像一个绅士,但本来不是绅士的,也没有法子来装潢。

我们中国的许多人,——我在此特别郑重声明:并不包括四万万同胞全部!——大抵患有一种"十景病",至少是"八景病",沉重起来的时候大概在清朝。凡看一部县志,这一县往往有十景或八景,如"远村明月""萧寺清钟""古池好水"之类。而且,"十"字形的病菌,似乎已经侵入血管,流布全身,其势力早不在"!"形惊叹亡国病菌之下了。点心有十样锦,菜有十碗,音乐有十番,阎罗有十殿,药有十全大补,猜拳有全福手福手全,连人的劣迹或罪状,宣布起来也大抵是十条,仿佛犯了九条的时候总不肯歇手。现在西湖十景可缺了呵!"凡为天下国家有九经",九经固古已有之,而九景却颇不习见,所以正是对于十景病的一个针砭,至少也可以使患者感到一种不平常,知道自己的可爱的老病,忽而跑掉了十分之一了。

但仍有悲哀在里面。

其实,这一种势所必至的破坏,也还是徒然的,畅快不过是无聊的自欺。雅人和信士和传统大家,定要苦心孤诣巧语花言地再来补足了十景而后已。

无破坏即无新建设,大致是的;但有破坏却未必即有新建设。卢梭、斯谛纳尔、尼采、托尔斯泰、伊孛生等辈,若用勃兰兑斯的话来说,乃是"轨道破坏者"。其实他们不单是破坏,而且是扫除,是大呼猛进,将碍脚的旧轨道不论整条或碎片,一扫而空,并非想挖一块废铁古砖挾回家去,预备卖给旧货店。中国很少这一类人,即使有之,也会被大众的唾沫淹死。孔丘先生确是伟大,生在巫鬼势力如此旺盛的时代,偏不肯随俗谈鬼神;但可惜太聪明了,"祭如在祭神如神在",只用他修春秋的照例手段以两个"如"字略寓"俏皮刻薄"之意,使人一时莫明其妙,看不出他肚皮里的反对来。他肯对子路赌咒,却不肯对鬼神宣战,因为一宣战就不和平,易犯骂人——虽然不过骂鬼——之罪,即不免有《衡论》(见一月份《晨报副镌》)作家TY先生似的好人,会替鬼神来奚落他道:为名乎?骂人不能得名。为利乎?骂人不能得利。想引诱女人乎?又不能将蚩尤的脸子印在文章上。何乐而为之也欤?

孔丘先生是深通世故的老先生,大约除脸子付印问题以外,还有深心,犯不上来做明目张胆的破坏者,所以只是不谈,而决不骂,于是乎俨然成为中国的圣人,道大,无所不包故也。否则,现在供在圣庙里的,也许不姓孔。

不过在戏台上罢了,悲剧将人生的有价值的东西毁灭给人看,喜剧将那无价值的撕破给人看。讥讽又不过是喜剧的变简的一支流。但悲壮滑稽,却都是十景病的仇敌,因为都有破坏性,虽然所破坏的方面各不同。中国如十景病尚存,则不但卢梭他们似的疯子决不产生,并且也决不产生一个悲剧作家或喜剧作家或讽刺诗人。所有的,只是喜剧底人物或非喜剧非悲剧底人物,在互相模造的十景中生存,一面各各带了十景病。

然而十全停滞的生活,世界上是很不多见的事,于是破坏者到了，但并非自己的先觉的破坏者，却是狂暴的强盗，或外来的蛮夷。狝狁早到过中原，五胡来过了，蒙古也来过了；同胞张献忠杀人如草，而满州兵的一箭，就钻进树丛中死掉了。有人论中国说，倘使没有带着新鲜的血液的野蛮的侵入，真不知自身会腐败到如何！这当然是极刻毒的恶谑，但我们一翻历史，怕不免要有汗流浃背的时候罢。外寇来了，暂一震动，终于请他做主子，在他的刀斧下修补老例；内寇来了，也暂一震动，终于请他做主子，或者别拜一个主子，在自己的瓦砾中修补老例。再来翻县志，就看见每一次兵燹之后，所添上的是许多烈妇烈女的氏名。看近来的兵祸，怕又要大举表扬节烈了罢。许多男人们都那里去了？

凡这一种寇盗式的破坏，结果只能留下一片瓦砾，与建设无关。

但当太平时候，就是正在修补老例，并无寇盗时候，即国中暂时没有破坏么？也不然的，其时有奴才式的破坏作用常川活动着。

雷峰塔砖的挖去，不过是极近的一条小小的例。龙门的石佛，大半肢体不全，图书馆中的书籍，插图须谨防撕去，凡公物或无主的东西，倘难于移动，能够完全的即很不多。但其毁坏的原因，则非如革除者的志在扫除，也非如寇盗的志在掠夺或单是破坏，仅因目前极小的自利，也肯对于完整的大物暗暗的加一个创伤。人数既多，创伤自然极大，而倒败之后，却难于知道加害的究竟是谁。正如雷峰塔倒掉以后，我们单知道由于乡下人的迷信。共有的塔失去了，乡下人的所得，却不过一块砖，这砖，将来又将为别一自利者所藏，终究至于灭尽。倘在民康物阜时候，因为十景病的发作，新的雷峰塔也会再造的罢。但将来的运命，不也就可以推想而知么？如果乡下人还是这样的乡下人，老例还是这样的老例。

这一种奴才式的破坏，结果也只能留下一片瓦砾，与建设无关。

岂但乡下人之于雷峰塔，日日偷挖中华民国的柱石的奴才们，现在正不知有多少！

瓦砾场上还不足悲，在瓦砾场上修补老例是可悲的。我们要革新的破坏者，因为他内心有理想的光。我们应该知道他和寇盗奴才的分别；应该留心自己堕入后两种。这区别并不烦难，只要观人，省己，凡言动中，思想中，含有借此据为己有的朕兆者是寇盗，含有借此占些目前的小便宜的朕兆者是奴才，无论在前面打着的是怎样鲜明好看的旗子。

一九二五年二月六日。

本篇最初发表于一九二五年二月二十三日《语丝》周刊第十五期。

娜拉走后怎样 / 鲁迅

——一九二三年十二月二十六日
在北京女子高等师范学校文艺会讲

我今天要讲的是"娜拉走后怎样？"

伊孛生是十九世纪后半的瑙威的一个文人。他的著作，除了几十首诗之外，其余都是剧本。这些剧本里面，有一时期是大抵含有社会问题的，世间也称作"社会剧"，其中有一篇就是《娜拉》。

《娜拉》一名Ein Puppenheim，中国译作《傀儡家庭》。但Puppe不单是牵线的傀儡，孩子抱着玩的人形也是；引申开去，别人怎么指挥，他便怎么做的人也是。娜拉当初是满足地生活在所谓幸福的家庭里的，但是她竟觉悟了：自己是丈夫的傀儡，孩子们又是她的傀儡。她于是走了，只听得关门声，接着就是闭幕。这想

娜拉走后怎样

来大家都知道,不必细说了。

　　娜拉要怎样才不走呢?或者说伊孛生自己有解答,就是Die Frau vom Meer,《海的女人》,中国有人译作《海上夫人》的。这女人是已经结婚的了,然而先前有一个爱人在海的彼岸,一日突然寻来,叫她一同去。她便告知她的丈夫,要和那外来人会面。临末,她的丈夫说,"现在放你完全自由。(走与不走)你能够自己选择,并且还要自己负责任。"于是什么事全都改变,她就不走了。这样看来,娜拉倘也得到这样的自由,或者也便可以安住。

　　但娜拉毕竟是走了的。走了以后怎样?伊孛生并无解答;而且他已经死了。即使不死,他也不负解答的责任。因为伊孛生是在做诗,不是为社会提出问题来而且代为解答。就如黄莺一样,因为他自己要歌唱,所以他歌唱,不是要唱给人们听得有趣,有益。伊孛生是很不通世故的,相传在许多妇女们一同招待他的筵宴上,代表者起来致谢他作了《傀儡家庭》,将女性的自觉,解放这些事,给人心以新的启示的时候,他却答道,"我写那篇却并不是这意思,我不过是做诗。"

　　娜拉走后怎样?——别人可是也发表过意见的。一个英国人曾作一篇戏剧,说一个新式的女子走出家庭,再也没有路走,终于堕落,进了妓院了。还有一个中国人,——我称他什么呢?上海的文学家罢,——说他所见的《娜拉》是和现译本不同,娜拉终于回来了。这样的本子可惜没有第二人看见,除非是伊孛生自己寄给他的。但从事理上推想起来,娜拉或者也实在只有两条路:不是堕落,就是回来。因为如果是一匹小鸟,则笼子里固然不自由,而一出笼门,外面便又有鹰,有猫,以及别的什么东西之类;倘使已经关得麻痹了翅子,忘却了飞翔,也诚然是无路可以走。还有一条,就是饿死了,但饿死已经离开了生活,更无所谓问题,所以也不是什么路。

人生最苦痛的是梦醒了无路可以走。做梦的人是幸福的;倘没有看出可走的路,最要紧的是不要去惊醒他。你看,唐朝的诗人李贺,不是困顿了一世的么?而他临死的时候,却对他的母亲说,"阿妈,上帝造成了白玉楼,叫我做文章落成去了。"这岂非明明是一个诳,一个梦?然而一个小的和一个老的,一个死的和一个活的,死的高兴地死去,活的放心地活着。说诳和做梦,在这些时候便见得伟大。所以我想,假使寻不出路,我们所要的倒是梦。

但是,万不可做将来的梦。阿尔志跋绥夫曾经借了他所做的小说,质问过梦想将来的黄金世界的理想家,因为要造那世界,先唤起许多人们来受苦。他说,"你们将黄金世界预约给他们的子孙了,可是有什么给他们自己呢?"有是有的,就是将来的希望。但代价也太大了,为了这希望,要使人练敏了感觉来更深切地感到自己的苦痛,叫起灵魂来目睹他自己的腐烂的尸骸。惟有说谎和做梦,这些时候便见得伟大。所以我想,假使寻不出路,我们所要的就是梦;但不要将来的梦,只要目前的梦。

然而娜拉既然醒了,是很不容易回到梦境的,因此只得走;可是走了以后,有时却也免不掉堕落或回来。否则,就得问:她除了觉醒的心以外,还带了什么去?倘只有一条像诸君一样的紫红的绒绳的围巾,那可是无论宽到二尺或三尺,也完全是不中用。她还须更富有,提包里有准备,直白地说,就是要有钱。

梦是好的;否则,钱是要紧的。

钱这个字很难听,或者要被高尚的君子们所非笑,但我总觉得人们的议论是不但昨天和今天,即使饭前和饭后,也往往有些差别。凡承认饭需钱买,而以说钱为卑鄙者,倘能按一按他的胃,那里面怕总还有鱼肉没有消化完,须得饿他一天之后,再来听他发议论。

所以为娜拉计,钱,——高雅的说罢,就是经济,是最要紧的了。自由固不是钱所能买到的,但能够为钱而卖掉。人类有一个大缺点,就是常常要饥饿。为补救这缺点起见,为准备不做傀儡起见,在目下的社会里,经济权就见得最要紧了。第一,在家应该先获得男女平均的分配；第二，在社会应该获得男女相等的势力。可惜我不知道这权柄如何取得，单知道仍然要战斗；或者也许比要求参政权更要用剧烈的战斗。

要求经济权固然是很平凡的事，然而也许比要求高尚的参政权以及博大的女子解放之类更烦难。天下事尽有小作为比大作为更烦难的。譬如现在似的冬天，我们只有这一件棉袄，然而必须救助一个将要冻死的苦人，否则便须坐在菩提树下冥想普度一切人类的方法去。普度一切人类和救活一人，大小实在相去太远了，然而倘叫我挑选，我就立刻到菩提树下去坐着，因为免得脱下唯一的棉袄来冻杀自己。所以在家里说要参政权，是不至于大遭反对的，一说到经济的平匀分配，或不免面前就遇见敌人，这就当然要有剧烈的战斗。

战斗不算好事情，我们也不能责成人人都是战士，那么，平和的方法也就可贵了，这就是将来利用了亲权来解放自己的子女。中国的亲权是无上的，那时候，就可以将财产平匀地分配子女们，使他们平和而没有冲突地都得到相等的经济权，此后或者去读书，或者去生发，或者为自己去亨用，或者为社会去做事，或者去花完，都请便，自己负责任。这虽然也是颇远的梦，可是比黄金世界的梦近得不少了。但第一需要记性。记性不佳，是有益于己而有害于子孙的。人们因为能忘却，所以自己能渐渐地脱离了受过的苦痛，也因为能忘却，所以往往照样地再犯前人的错误。被虐待的儿媳做了婆婆，仍然虐待儿媳；嫌恶学生的官吏，每是先前痛骂官吏的学生；现在压迫子女的，有时也就是十年前的家庭革命者。这也许与年龄和地位都有关系罢，但记性不佳也是一个很大的原因。救济法就是各人去买一本note－book来，将自己现在的思想举动都记上，作为将来年龄和地位都改变了之后的参考。假如憎恶孩子要到公园去的时候，取来一翻，看见上面有一条道，"我想到中央公园去"，那就即刻心平气和了。别的事也一样。

世间有一种无赖精神，那要义就是韧性。听说拳匪乱后，天津的青皮，就是所谓无赖者很跋扈，譬如给人搬一件行李，他就要两元，对他说这行李小，他说要两元，对他说道路近，他说要两元，对他说不要搬了，他说也仍然要两元。青皮固然是不足为法的，而那韧性却大可以佩服。要求经济权也一样，有人说这事情太陈腐了，就答道要经济权；说是太卑鄙了，就答道要经济权；说是经济制度就要改变了，用不着再操心，也仍然答道要经济权。

其实，在现在，一个娜拉的出走，或者也许不至于感到困难的，因为这人物很特别，举动也新鲜，能得到若干人们的同情，帮助着生活。生活在人们的同情之下，已经是不自由了，然而倘有一百个娜拉出走,便连同情也减少,有一千一万个出走,就得到厌恶了,断不如自己握着经济权之为可靠。

在经济方面得到自由,就不是傀儡了么?也还是傀儡。无非被人所牵的事可以减少,而自己能牵的傀儡可以增多罢了。因为在现在的社会里,不但女人常作男人的傀儡,就是男人和男人,女人和女人,也相互地作傀儡,男人也常作女人的傀儡,这决不是几个女人取得经济权所能救的。但人不能饿着静候理想世界的到来,至少也得留一点残喘,正如涸辙之鲋,急谋升斗之水一样,就要这较为切近的经济权,一面再想别的法。

如果经济制度竟改革了,那上文当然完全是废话。

然而上文,是又将娜拉当作一个普通的人物而说的,假使她很特别,自己情愿闯出去做牺牲,那就又另是一回事。我们无权去劝诱人做牺牲,也无权去阻止人做牺牲。况且世上也尽有乐于牺牲,乐于受苦的人物。欧洲有一个传说,耶稣去钉十字架时,休息在Ahasvar的檐下,Ahasvar不准他,于是被了咒诅,使他永世不得休息,直到末日裁判的时候。Ahasvar从此就歇不下,只是走,现在还在走。走是苦的,安息是乐的,他何以不安息呢?虽说背着咒诅,可是大约总该是觉得走比安息还适意,所以始终狂走的罢。

只是这牺牲的适意是属于自己的,与志士们之所谓为社会者无涉。群众,——尤其是中国的,——永远是戏剧的看客。牺牲上场,如果显得慷慨,他们就看了悲壮剧;如果显得觳觫,他们就看了滑稽剧。北京的羊肉铺前常有几个人张着嘴看剥羊,仿佛颇愉快,人的牺牲能给与他们的益处,也不过如此。而况事后走不几步,他们并这一点愉快也就忘却了。

对于这样的群众没有法,只好使他们无戏可看倒是疗救,正无需乎震骇一时的牺牲,不如深沉的韧性的战斗。

可惜中国太难改变了,即使搬动一张桌子,改装一个火炉,几乎也要血;而且即使有了血,也未必一定能搬动,能改装。不是很大的鞭子打在背上,中国自己是不肯动弹的。我想这鞭子总要来,好坏是别一问题,然而总要打到的。但是从那里来,怎么地来,我也是不能确切地知道。

我这讲演也就此完结了。

本篇最初发表于一九二四年北京女子高等师范学校《文艺会刊》第六期。

论睁了眼看 / 鲁迅

虚生先生所做的时事短评中,曾有一个这样的题目:《我们应该有正眼看各方面的勇气》(《猛进》十九期)。诚然,必须敢于正视,这才可望敢想,敢说,敢作,敢当。倘使并正视而不敢,此外还能成什么气候。然而,不幸这一种勇气,是我们中国人最所缺乏的。

但现在我所想到的是别一方面——

中国的文人,对于人生,——至少是对于社会现象,向来就多没有正视的勇气。我们的圣贤,本来早已教人"非礼勿视"的了;而这"礼"又非常之严,不但"正视",连"平视""斜视"也不许。现在青年的精神未可知,在体质,却大半还是弯腰曲背,低眉顺眼,表示着老牌的老成的子弟,驯良的百姓,——至于说对外却有大力量,乃是近一月来的新说,还不知道究竟是如何。

再回到"正视"问题去:先既不敢,后便不能,再后,就自然不视,不见了。一辆汽车坏了,停在马路上,一群人围着呆看,所得的结果是一团乌油油的东西。然而由本身的矛盾或社会的缺陷所生的苦痛,虽不正视,却要身受的。文人究竟是敏感人物,从他们的作品上看来,有些人确也早已感到不满,可是一到快要显露缺陷的危机一发之际,他们总即刻连说"并无其事",同时便闭上了眼睛。这闭着的眼睛便看见一切圆满,当前的苦痛不过是"天之将降大任于是人也,必先苦其心志,劳其筋骨,饿其体肤,空乏其身,行拂乱其所为。"于是无问题,无缺陷,无不平,也就无解决,无改革,无反抗。因为凡事总要"团圆",正无须我们焦躁;放心喝茶,睡觉大吉。再说费话,就有"不合时宜"之咎,免不了要受大学教授的纠正了。呸!

我并未实验过,但有时候想:倘将一位久蛰洞房的老太爷抛在夏天正午的烈日底下,或将不出闺门的千金小姐拖到旷野的黑夜里,大概只好闭了眼睛,暂续他们残存的旧梦,总算并没有遇到暗或光,虽然已经是绝不相同的现实。中国的文人也一样,万事闭眼睛,聊以自欺,而且欺人,那方法是:瞒和骗。

中国婚姻方法的缺陷,才子佳人小说作家早就感到了,他于是使一个才子在壁上题诗,一个佳人便来和,由倾慕——现在就得称恋爱——而至于有"终身之约"。但约定之后,也就有了难关。我们都知道,"私订终身"在诗和戏曲或小说上尚不失为美谈(自然只以与终于中状元的男人私订为限),实际却不容于天下的,仍然免不了要离异。明末的作家便闭上眼睛,并这一层也加以补救了,说是:才子及第,奉旨成婚。"父母之命媒妁之言"经这大帽子来一压,便成了半个铅钱也不值,问题也一点没有了。假使有之,也只在才子的能否中状元,而决不在婚姻制度的良否。

(近来有人以为新诗人的做诗发表,是在出风头,引异性;且迁怒于报章杂志之滥登。殊不知即使无报,墙壁实"古已有之",早做过发表机关了;据《封神演义》,纣王已曾在女娲庙壁上题诗,那起源实在非常之早。报章可以不取白话,或排斥小诗,墙壁却拆不完,管不及的;倘一律刷成黑色,也还有破磁可划,粉笔可书,真是穷于应付。做诗不刻木板,去藏之名山,却要随时发表,虽然很有流弊,但大概是难以杜绝的罢。)

《红楼梦》中的小悲剧,是社会上常有的事,作者又是比较的敢于实写的,而那结果也并不坏。无论贾氏家业再振,兰桂齐芳,即宝玉自己,也成了个披大红猩猩毡斗篷的和尚。和尚多矣,但披这样阔斗篷的能有几个,已经是"入圣超凡"无疑了。

论睁了眼看

至于别的人们，则早在册子里一一注定，末路不过是一个归结：是问题的结束，不是问题的开头。读者即小有不安，也终于奈何不得。然而后来或续或改，非借尸还魂，即冥中另配，必令"生旦当场团圆"才肯放手者，乃是自欺欺人的瘾太大，所以看了小小骗局，还不甘心，定须闭眼胡说一通而后快。赫克尔（E. Haeckel）说过：人和人之差，有时比类人猿和原人之差还远。我们将《红楼梦》的续作者和原作一比较，就会承认这话大概是确实的。

"作善降祥"的古训，六朝人本已有些怀疑了，他们作墓志，竟会说"积善不报，终自欺人"的话。但后来的昏人，却又瞒起来。元刘信将三岁痴儿抛入醮纸火盆，妄希福佑，是见于《元典章》的；剧本《小张屠焚儿救母》却道是为母延命，命得延，儿亦不死了。一女愿侍痼疾之夫，《醒世恒言》中还说终于一同自杀的；后来改作的却道是有蛇坠入药罐里，丈夫服后便全愈了。凡有缺陷，一经作者粉饰，后半便大抵改观，使读者落诬妄中，以为世间委实尽够光明，谁有不幸，便是自作，自受。

有时遇到彰明的史实，瞒不下，如关羽岳飞的被杀，便只好别设骗局了。一是前世已造夙因，如岳飞；一是死后使他成神，如关羽。定命不可逃，成神的善报更满人意，所以杀人者不足责，被杀者也不足悲，冥冥中自有安排，使他们各得其所，正不必别人来费力了。

中国人的不敢正视各方面，用瞒和骗，造出奇妙的逃路来，而自以为正路。在这路上，就证明著国民性的怯弱，懒惰，而又巧滑。一天一天的满足着，即一天一天的堕落着，但却又觉得日见其光荣。在事实上，亡国一次，即添加几个殉难的忠臣，后来每不想光复旧物，而只去赞美那几个忠臣；遭劫一次，即造成一群不辱的烈女，事过之后，也每每不思惩凶，自卫，却只顾歌咏那一群烈女。彷佛亡国遭劫的事，反而给中国人发挥"两间正气"的机会，增高价值，即在此一举，应该一任其至，不足忧悲似的。自然，此上也无可为，因为我们已经借死人获得最上的光荣了。沪汉烈士的追悼会中，活的人们在一块很可景仰的高大的木主下互相打骂，也就是和我们的先辈走着同一的路。

文艺是国民精神所发的火光，同时也是引导国民精神的前途的灯火。这是互为因果的，正如麻油从芝麻榨出，但以浸芝麻，就使它更油。倘以油为上，就不必说；否则，当参入别的东西，或水或碱去。中国人向来因为不敢正视人生，只好瞒和骗，由此也生出瞒和骗的文艺来，由这文艺，更令中国人更深地陷入瞒和骗的大泽中，甚而至于已经自己不觉得。世界日日改变，我们的作家取下假面,真诚地,深入地,大胆地看取人生并且写出他的血和肉来的时候早到了;早就应该有一片崭新的文场,早就应该有几个凶猛的闯将!

现在,气象似乎一变,到处听不见歌吟花月的声音了,代之而起的是铁和血的赞颂。然而倘以欺瞒的心,用欺瞒的嘴,则无论说a和o,或y和z,一样是虚假的;只可以吓哑了先前鄙薄花月的所谓批评家的嘴,满足地以为中国就要中兴。可怜他在"爱国"大帽子底下又闭上了眼睛了——或者本来就闭着。

没有冲破一切传统思想和手法的闯将,中国是不会有真的新文艺的。

一九二五年七月二十二日。

本篇最初发表于一九二五年八月三日《语丝》周刊第三十八期。

论"他妈的!" / 鲁迅

无论是谁,只要在中国过活,便总得常听到"他妈的"或其相类的口头禅。我想:这话的分布,大概就跟着中国人足迹之所至罢;使用的遍数,怕也未必比客气的"您好呀"会更少。假使依或人所说,牡丹是中国的"国花",那么,这就可以算是中国的"国骂"了。

我生长于浙江之东,就是西滢先生之所谓"某籍"。那地方通行的"国骂"却颇简单:专一以"妈"为限,决不牵涉余人。后来稍游各地,才始惊异于国骂之博大而精微:上溯祖宗,旁连姊妹,下递子孙,普及同性,真是"犹河汉而无极也"。而且,不特用于人,也以施之兽。前年,曾见一辆煤车的只轮陷入很深的辙迹里,车夫便愤然跳下,出死力打那拉车的骡子道:"你姊姊的!你

论"他妈的!"

姊姊的!"

别的国度里怎样,我不知道。单知道诺威人Hamsun有一本小说叫《饥饿》,粗野的口吻是很多的,但我并不见这一类话。Gorky所写的小说中多无赖汉,就我所看过的而言,也没有这骂法。惟独Artzybashev在《工人绥惠略夫》里,却使无抵抗主义者亚拉借夫骂了一句"你妈的"。但其时他已经决计为爱而牺牲了,使我们也失却笑他自相矛盾的勇气。这骂的翻译,在中国原极容易的,别国却似乎为难,德文译本作"我使用过你的妈",日文译本作"你的妈是我的母狗"。这实在太费解,——由我的眼光看起来。

那么,俄国也有这类骂法的了,但因为究竟没有中国似的精博,所以光荣还得归到这边来。好在这究竟又并非什么大光荣,所以他们大约未必抗议;也不如"赤化"之可怕,中国的阔人,名人,高人,也不至于骇死的。但是,虽在中国,说的也独有所谓"下等人",例如"车夫"之类,至于有身分的上等人,例如"士大夫"之类,则决不出之于口,更何况笔之于书。"予生也晚",赶不上周朝,未为大夫,也没有做士,本可以放笔直干的,然而终于改头换面,从"国骂"上削去一个动词和一个名词,又改对称为第三人称者,恐怕还因为到底未曾拉车,因而也就不免"有点贵族气味"之故。那用途，既然只限于一部分，似乎又有些不能算作"国骂"了；但也不然，阔人所赏识的牡丹，下等人又何尝以为"花之富贵者也"？

这"他妈的"的由来以及始于何代，我也不明白。经史上所见骂人的话，无非是"役夫""奴""死公"；较厉害的，有"老狗""貉子"；更厉害，涉及先代的，也不外乎"而母婢也""赘阉遗丑"罢了！还没见过什么"妈的"怎样，虽然也许是士大夫讳而不录。但《广弘明集》（七）记北魏邢子才"以为妇人不可保。谓元景曰：'卿何必姓王？'元景变色。子才曰：'我亦何必姓邢；能保五世耶？'"则颇有可以推见消息的地方。

晋朝已经是大重门第，重到过度了；华胄世业，子弟便易于得官；即使是一个酒囊饭袋，也还是不失为清品。北方疆土虽失于拓跋氏，士人却更其发狂似的讲究阀阅，区别等第，守护极严。庶民中纵有俊才，也不能和大姓比并。至于大姓，实不过承祖宗余荫，以旧业骄人，空腹高心，当然使人不耐。但士流既然用祖宗做护符，被压迫的庶民自然也就将他们的祖宗当作仇敌。邢子才的话虽然说不定是否出于愤激，但对于躲在门第下的男女，却确是一个致命的重伤。势位声气，本来仅靠了"祖宗"这惟一的护符而存，"祖宗"倘一被毁，便什么都倒败了。这是倚赖"余荫"的必

论"他妈的!"

得的果报。

同一的意思,但没有邢子才的文才,而直出于"下等人"之口的,就是:"他妈的!"

要攻击高门大族的坚固的旧堡垒,却去瞄准他的血统,在战略上,真可谓奇谲的了。最先发明这一句"他妈的"的人物,确要算一个天才,——然而是一个卑劣的天才。

唐以后,自夸族望的风气渐渐消除;到了金元,已奉夷狄为帝王,自不妨拜屠沽作卿士,"等"的上下本该从此有些难定了,但偏还有人想辛辛苦苦地爬进"上等"去。刘时中的曲子里说:"堪笑这没见识街市匹夫,好打那好顽劣。江湖伴侣,旋将表德官名相体呼,声音多厮称,字样不寻俗。听我一个个细数:粜米的唤子良;卖肉的呼仲甫……开张卖饭的呼君宝;磨面登罗底叫德夫:何足云乎?!"(《乐府新编阳春白雪》三)这就是那时的暴发户的丑态。

"下等人"还未暴发之先,自然大抵有许多"他妈的"在嘴上,但一遇机会,偶窃一位,略识几字,便即文雅起来:雅号也有了;身分也高了;家谱也修了,还要寻一个始祖,不是名儒便是名臣。从此化为"上等人",也如上等前辈一样,言行都很温文尔雅。然而愚民究竟也有聪明的,早已看穿了这鬼把戏,所以又有俗谚,说:"口上仁义礼智,心里男盗女娼!"他们是很明白的。

于是他们反抗了,曰:"他妈的!"

但人们不能蔑弃扫荡人我的余泽和旧荫,而硬要去做别人的祖宗,无论如何,总是卑劣的事。有时,也或加暴力于所谓"他妈的"的生命上,但大概是乘机,而不是造运会,所以无论如何,也还是卑劣的事。

中国人至今还有无数"等",还是依赖门第,还是倚仗祖宗。倘不改造,即永远有无声的或有声的"国骂"。就是"他妈的",围绕在上下和四旁,而且这还须在太平的时候。

但偶尔也有例外的用法:或表惊异,或表感服。我曾在家乡看见乡农父子一同午饭,儿子指一碗菜向他父亲说:"这不坏,妈的你尝尝看!"那父亲回答道:"我不要吃。妈的你吃去罢!"则简直已经醇化为现在时行的"我的亲爱的"的意思了。

一九二五年七月十九日。

本篇最初发表于一九二五年七月二十七日《语丝》周刊第三十七期。

随感录二十五 / 鲁迅

我一直从前曾见严又陵在一本什么书上发过议论,书名和原文都忘记了。大意是:"在北京道上,看见许多孩子,辗转于车轮马足之间,很怕把他们碰死了,又想起他们将来怎样得了,很是害怕。"其实别的地方,也都如此,不过车马多少不同罢了。现在到了北京,这情形还未改变,我也时时发起这样的忧虑;一面又佩服严又陵究竟是"做"过赫胥黎《天演论》的,的确与众不同:是一个十九世纪末年中国感觉锐敏的人。

穷人的孩子蓬头垢面的在街上转,阔人的孩子妖形妖势娇声娇气的在家里转。转得大了,都昏天黑地的在社会上转,同他们的父亲一样,或者还不如。

所以看十来岁的孩子,便可以逆料二十年后中国的情形;看二十多岁的青年,——他们大抵有了孩子,尊为爹爹了,——便可以推测他儿子孙子,晓得五十年后七十年后中国的情形。

中国的孩子,只要生,不管他好不好,只要多,不管他才不才。生他的人,不负教他的责任。虽然"人口众多"这一句话,很可以闭了眼睛自负,然而这许多人口,便只在尘土中辗转,小的时候,不把他当人,大了以后,也做不了人。

中国娶妻早是福气,儿子多也是福气。所有小孩,只是他父母福气的材料,并非将来的"人"的萌芽,所以随便辗转,没人管他,因为无论如何,数目和材料的资格,总还存在。即使偶尔送进学堂,然而社会和家庭的习惯,尊长和伴侣的脾气,却多与教育反背,仍然使他与新时代不合。大了以后,幸而生存,也不过"仍旧贯如之何",照例是制造孩子的家伙,不是"人"的父亲,他生了孩子,便仍然不是"人"的萌芽。

最看不起女人的奥国人华宁该尔(Otto Weininger)曾把女人分成两大类:一是"母妇",一是"娼妇"。照这分法,男人便也可以分作"父男"和"嫖男"两类了。但这父男一类,却又可以分成两种:其一是孩子之父,其一是"人"之父。第一种只会生,不会教,还带点嫖男的气息。第二种是生了孩子,还要想怎样教育,才能使这生下来的孩子,将来成一个完全的人。

随感录二十五

前清末年,某省初开师范学堂的时候,有一位老先生听了,很为诧异,便发愤说:"师何以还须受教,如此看来,还该有父范学堂了!"这位老先生,便以为父的资格,只要能生。能生这件事,自然便会,何须受教呢。却不知中国现在,正须父范学堂;这位先生便须编入初等第一年级。

因为我们中国所多的是孩子之父;所以以后是只要"人"之父!

本篇最初发表于一九一八年九月十五日北京《新青年》第五卷第三号。

夏三虫 / 鲁迅

夏天近了,将有三虫:蚤,蚊,蝇。

假如有谁提出一个问题,问我三者之中,最爱什么,而且非爱一个不可,又不准像"青年必读书"那样的缴白卷的。我便只得回答道:跳蚤。

跳蚤的来吮血,虽然可恶,而一声不响地就是一口,何等直截爽快。蚊子便不然了,一针叮进皮肤,自然还可以算得有点彻底的,但当未叮之前,要哼哼地发一篇大议论,却使人觉得讨厌。如果所哼的是在说明人血应该给它充饥的理由,那可更其讨厌了,幸而我不懂。

野雀野鹿,一落在人手中,总时时刻刻想要逃走。其实,在山林间,上有鹰,下有虎狼,何尝比在人手里安全。为什么当初不逃到人类中来,现在却要逃到鹰虎狼间去?或者,鹰虎狼之于它们，正如跳蚤之于我们罢。肚子饿了，抓着就是一口，决不谈道理，弄玄虚。被吃者也无须在被吃之前，先承认自己之理应被吃，心悦诚服，誓死不二。人类，可是也颇擅长于哼哼的了，害中取小，它们的避之惟恐不速，正是绝顶聪明。

苍蝇嗡嗡地闹了大半天，停下来也不过舐一点油汗，倘有伤痕或疮疖，自然更占一些便宜；无论怎么好的，美的，干净的东西，又总喜欢一律拉上一点蝇矢。但因为只舐一点油汗，只添一点腌臜，在麻木的人们还没有切肤之痛，所以也就将它放过了。中国人还不很知道它能够传播病菌，捕蝇运动大概不见得兴盛。它们的运命是长久的；还要更繁殖。

但它在好的，美的，干净的东西上拉了蝇矢之后，似乎还不至于欣欣然反过来嘲笑这东西的不洁：总要算还有一点道德的。

古今君子，每以禽兽斥人，殊不知便是昆虫，值得师法的地方也多着哪。

四月四日。

本篇最初发表于一九二五年四月七日《京报》附刊《民众文艺周刊》第十六号。

辩论的
思考与逻辑

杂感 / 鲁迅

　　人们有泪，比动物进化，但即此有泪，也就是不进化，正如已经只有盲肠，比鸟类进化，而究竟还有盲肠，终不能很算进化一样。凡这些，不但是无用的赘物，还要使其人达到无谓的灭亡。

　　现今的人们还以眼泪赠答，并且以这为最上的赠品，因为他此外一无所有。无泪的人则以血赠答，但又各各拒绝别人的血。

　　人大抵不愿意爱人下泪。但临死之际，可能也不愿意爱人为你下泪么？无泪的人无论何时，都不愿意爱人下泪，并且连血也不要：他拒绝一切为他的哭泣和灭亡。

　　人被杀于万众聚观之中，比被杀在"人不知鬼不觉"的地方快活，因为他可以妄想，博得观众中的或人的眼泪。但是，无泪的人无论被杀在什么所在，于他并无不同。

杂感

杀了无泪的人,一定连血也不见。爱人不觉他被杀之惨,仇人也终于得不到杀他之乐:这是他的报恩和复仇。

死于敌手的锋刃,不足悲苦;死于不知何来的暗器,却是悲苦。但最悲苦的是死于慈母或爱人误进的毒药,战友乱发的流弹,病菌的并无恶意的侵入,不是我自己制定的死刑。

仰慕往古的,回往古去罢!想出世的,快出世罢!想上天的,快上天罢!灵魂要离开肉体的,赶快离开罢!现在的地上,应该是执着现在,执着地上的人们居住的。

但厌恶现世的人们还住着。这都是现世的仇仇,他们一日存在,现世即一日不能得救。

先前,也曾有些愿意活在现世而不得的人们,沉默过了,呻吟过了,叹息过了,哭泣过了,哀求过了,但仍然愿意活在现世而不得,因为他们忘却了愤怒。

勇者愤怒,抽刃向更强者;怯者愤怒,却抽刃向更弱者。

不可救药的民族中,一定有许多英雄,专向孩子们瞪眼。这些孱头们!

孩子们在瞪眼中长大了,又向别的孩子们瞪眼,并且想:他们一生都过在愤怒中。因为愤怒只是如此,所以他们要愤怒一生,——而且还要愤怒二世,三世,四世,以至末世。

无论爱什么，——饭，异性，国，民族，人类等等，——只有纠缠如毒蛇，执着如怨鬼，二六时中，没有已时者有望。

但太觉疲劳时，也无妨休息一会罢；但休息之后，就再来一回罢，而且两回，三回……。血书，章程，请愿，讲学，哭，电报，开会，挽联，演说，神经衰弱，则一切无用。

血书所能挣来的是什么？不过就是你的一张血书，况且并不好看。至于神经衰弱，其实倒是自己生了病，你不要再当作宝贝了，我的可敬爱而讨厌的朋友呀！

我们听到呻吟，叹息，哭泣，哀求，无须吃惊。见了酷烈的沉默，就应该留心了；见有什么像毒蛇似的在尸林中蜿蜒，怨鬼似的在黑暗中奔驰，就更应该留心了：这在豫告"真的愤怒"将要到来。那时候，仰慕往古的就要回往古去了，想出世的要出世去了，想上天的要上天了，灵魂要离开肉体的就要离开了！……

五月五日。

本篇最初发表于一九二五年五月八日北京《莽原》周刊第三期。

导师 / 鲁迅

近来很通行说青年；开口青年，闭口也是青年。但青年又何能一概而论？有醒着的，有睡着的，有昏着的，有躺着的，有玩着的，此外还多。但是，自然也有要前进的。

要前进的青年们大抵想寻求一个导师。然而我敢说：他们将永远寻不到。寻不到倒是运气；自知的谢不敏，自许的果真识路么？凡自以为识路者，总过了"而立"之年，灰色可掬了，老态可掬了，圆稳而已，自己却误以为识路。假如真识路，自己就早进向他的目标，何至于还在做导师。说佛法的和尚，卖仙药的道士，将来都与白骨是"一丘之貉"，人们现在却向他听生西的大法，求上升的真传，岂不可笑！

但是我并非敢将这些人一切抹杀；和他们随便谈谈，是可以的。说话的也不过能说话,弄笔的也不过能弄笔;别人如果希望他打拳,则是自己错。他如果能打拳,早已打拳了,但那时,别人大概又要希望他翻筋斗。

有些青年似乎也觉悟了,我记得《京报副刊》征求青年必读书时,曾有一位发过牢骚,终于说:只有自己可靠!我现在还想斗胆转一句,虽然有些杀风景,就是:自己也未必可靠的。

我们都不大有记性。这也无怪,人生苦痛的事太多了,尤其是在中国。记性好的,大概都被厚重的苦痛压死了;只有记性坏的,适者生存,还能欣然活着。但我们究竟还有一点记忆,回想起来,怎样的"今是昨非"呵,怎样的"口是心非"呵,怎样的"今日之我与昨日之我战"呵。我们还没有正在饿得要死时于无人处见别人的饭,正在穷得要死时于无人处见别人的钱,正在性欲旺盛时遇见异性,而且很美的。我想,大话不宜讲得太早,否则,倘有记性,将来想到时会脸红。

或者还是知道自己之不甚可靠者,倒较为可靠罢。

青年又何须寻那挂着金字招牌的导师呢?不如寻朋友,联合起来,同向着似乎可以生存的方向走。你们所多的是生力,遇见深林,可以辟成平地的,遇见旷野,可以栽种树木的,遇见沙漠,可以开掘井泉的。问什么荆棘塞途的老路,寻什么乌烟瘴气的鸟导师!

五月十一日。

本篇最初发表于一九二五年五月十五日《莽原》周刊第四期。

这个与那个 / 鲁迅

一 读经与读史

一个阔人说要读经,嗡的一阵一群狭人也说要读经。岂但"读"而已矣哉,据说还可以"救国"哩。"学而时习之,不亦说乎?"那也许是确凿的罢,然而甲午战败了,——为什么独独要说"甲午"呢,是因为其时还在开学校,废读经以前。

我以为伏案还未功深的朋友,现在正不必埋头来哼线装书。倘其咿唔日久,对于旧书有些上瘾了,那么,倒不如去读史,尤其是宋朝明朝史,而且尤须是野史;或者看杂说。

现在中西的学者们,几乎一听到"钦定四库全书"这名目就魂不附体,膝弯总要软下来似的。其实呢,书的原式是改变了,错

这个与那个

字是加添了,甚至于连文章都删改了,最便当的是《琳琅秘室丛书》中的两种《茅亭客话》,一是宋本,一是四库本,一比较就知道。"官修"而加以"钦定"的正史也一样,不但本纪咧,列传咧,要摆"史架子";里面也不敢说什么。据说,字里行间是也含着什么褒贬的,但谁有这么多的心眼儿来猜闷壶卢。至今还道"将平生事迹宣付国史馆立传",还是算了罢。

野史和杂说自然也免不了有讹传,挟恩怨,但看往事却可以较分明,因为它究竟不像正史那样地装腔作势。看宋事,《三朝北盟汇编》已经变成古董,太贵了,新排印的《宋人说部丛书》却还便宜。明事呢,《野获编》原也好,但也化为古董了,每部数十元;易于入手的是《明季南北略》《明季稗史汇编》,以及新近集印的《痛史》。

史书本来是过去的陈帐簿,和急进的猛士不相干。但先前说过,倘若还不能忘情于咿唔,倒也可以翻翻,知道我们现在的情形,和那时的何其神似,而现在的昏妄举动,胡涂思想,那时也早已有过,并且都闹糟了。

试到中央公园去,大概总可以遇见祖母带着她孙女儿在玩的。这位祖母的模样,就预示着那娃儿的将来。所以倘有谁要预知令夫人后日的丰姿,也只要看丈母。不同是当然要有些不同的,但总归相去不远。我们查帐的用处就在此。

但我并不说古来如此,现在遂无可为,劝人们对于"过去"生敬畏心,以为它已经铸定了我们的运命。Le Bon先生说,死人之力比生人大,诚然也有一理的,然而人类究竟进化着。又据章士钊总长说,则美国的什么地方已在禁讲进化论了,这实在是吓死我也,然而禁只管禁,进却总要进的。

总之:读史,就愈可以觉悟中国改革之不可缓了。虽是国民性,要改革也得改革,否则,杂史杂说上所写的就是前车。一改革,就无须怕孙女儿总要像点祖母那些事,譬如祖母的脚是三角形,步履维艰的,小姑娘的却是天足,能飞跑;丈母老太太出过天花,脸上有些缺点的,令夫人却种的是牛痘,所以细皮白肉:这也就大差其远了。

十二月八日。

二 捧与挖

中国的人们,遇见带有会使自己不安的朕兆的人物,向来就用两样法:将他压下去,或者将他捧起来。

这个与那个

压下去就用旧习惯和旧道德,或者凭官力,所以孤独的精神的战士,虽然为民众战斗,却往往反为这"所为"而灭亡。到这样,他们这才安心了。压不下时,则于是乎捧,以为抬之使高,餍之使足,便可以于己稍稍无害,得以安心。

伶俐的人们,自然也有谋利而捧的,如捧阔老,捧戏子,捧总长之类;但在一般粗人,——就是未尝"读经"的,则凡有捧的行为的"动机",大概是不过想免害。即以所奉祀的神道而论,也大抵是凶恶的,火神瘟神不待言,连财神也是蛇呀刺猬呀似的骇人的畜类;观音菩萨倒还可爱,然而那是从印度输入的,并非我们的"国粹"。要而言之:凡有被捧者,十之九不是好东西。

既然十之九不是好东西,则被捧而后,那结果便自然和捧者的希望适得其反了。不但能使不安,还能使他们很不安,因为人心本来不易餍足。然而人们终于至今没有悟,还以捧为苟安之一道。

记得有一部讲笑话的书,名目忘记了,也许是《笑林广讯》罢,说,当一个知县的寿辰,因为他是子年生,属鼠的,属员们便集资铸了一个金老鼠去作贺礼。知县收受之后,另寻了机会对大众说道:明年又恰巧是贱内的整寿;她比我小一岁,是属牛的。其实,如果大家先不送金老鼠,他决不敢想金牛。一送开手,可就难于收拾了,无论金牛无力致送,即使送了,怕他的姨太太也会属象。象不在十二生肖之内,似乎不近情理罢,但这是我替他设想的法子罢了,知县当然别有我们所莫测高深的妙法在。

民元革命时候,我在s城,来了一个都督。

他虽然也出身绿林大学,未尝"读经",但倒是还算顾大局,听舆论的,可是自绅士以至于庶民,又用了祖传的捧法群起而捧之了。这个拜会,那个恭维,今天送衣料,明天送翅席,捧得他连自己也忘其所以,结果是渐渐变成老官僚一样,动手刮地皮。

最奇怪的是北几省的河道,竟捧得河身比屋顶高得多了。

当初自然是防其溃决,所以壅上一点土;殊不料愈壅愈高,一旦溃决,那祸害就更大。于是就"抢堤"咧,"护堤"咧,"严防决堤"咧,花色繁多,大家吃苦。如果当初见河水泛滥,不去增堤,却去挖底,我以为决不至于这样。

有贪图金牛者,不但金老鼠,便是死老鼠也不给。那么,此辈也就连生日都未必做了。单是省却拜寿,已经是一件大快事。

中国人的自讨苦吃的根苗在于捧,"自求多福"之道却在于挖。其实,劳力之量是差不多的,但从惰性太多的人们看来,却以为还是捧省力。

十二月十日。

三　最先与最后

《韩非子》说赛马的妙法,在于"不为最先,不耻最后"。

这虽是从我们这样外行的人看起来,也觉得很有理。因为假若一开首便拚命奔驰,则马力易竭。但那第一句是只适用于赛马的,不幸中国人却奉为人的处世金鍼了。

中国人不但"不为戎首""不为祸始",甚至于"不为福先"。所以凡事都不容易有改革;前驱和闯将,大抵是谁也怕得做。然而人性岂真能如道家所说的那样恬淡;欲得的却多。既然不敢径取,就只好用阴谋和手段。以此,人们也就日见其卑怯了,既是"不为最先",自然也不敢"不耻最后",所以虽是一大堆群众,略见危机,便"纷纷作鸟兽散"了。如果偶有几个不肯退转,因而受害的,公论家便异口同声,称之曰傻子。对于"锲而不舍"的人们也一样。

我有时也偶尔去看看学校的运动会。这种竞争,本来不像两敌国的开战,挟有仇隙的,然而也会因了竞争而骂,或者竟打起来。但这些事又作别论。竞走的时候,大抵是最快的三四个人一到决胜点,其余的便松懈了,有几个还至于失了跑完豫定的圈数的勇气,中途挤入看客的群集中;或者佯为跌倒,使红十字队用担架将他抬走。假若偶有虽然落后,却尽跑,尽跑的人,大家就嗤笑他。大概是因为他太不聪明,"不耻最后"的缘故罢。

所以中国一向就少有失败的英雄,少有韧性的反抗,少有敢单身鏖战的武人,少有敢抚哭叛徒的吊客;见胜兆则纷纷聚集,见败兆则纷纷逃亡。战具比我们精利的欧美人,战具未必比我们精利的匈奴蒙古满洲人,都如入无人之境。"土崩瓦解"这四个字,真是形容得有自知之明。

多有"不耻最后"的人的民族,无论什么事,怕总不会一下子就"土崩瓦解"的,我每看运动会时,常常这样想:优胜者固然可敬,但那虽然落后而仍非跑至终点不止的竞技者,和见了这样竞技者而肃然不笑的看客,乃正是中国将来的脊梁。

四　流产与断种

近来对于青年的创作,忽然降下一个"流产"的恶谥,哄然应和的就有一大群。我现在相信,发明这话的是没有什么恶意的,不过偶尔说一说;应和的也是情有可原的,因为世事本来大概就这样。

我独不解中国人何以于旧状况那么心平气和,于较新的机运就这么疾首蹙额;于已成之局那么委曲求全,于初兴之事就这么求全

这个与那个

责备?

智识高超而眼光远大的先生们开导我们:生下来的倘不是圣贤,豪杰,天才,就不要生;写出来的倘不是不朽之作,就不要写;改革的事倘不是一下子就变成极乐世界,或者,至少能给我有更多的好处,就万万不要动!……

那么,他是保守派么?据说:并不然的。他正是革命家。

惟独他有公平,正当,稳健,圆满,平和,毫无流弊的改革法;现下正在研究室里研究着哩,——只是还没有研究好。

什么时候研究好呢?答曰:没有准儿。

孩子初学步的第一步,在成人看来,的确是幼稚,危险,不成样子,或者简直是可笑的。但无论怎样的愚妇人,却总以恳切的希望的心,看他跨出这第一步去,决不会因为他的走法幼稚,怕要阻碍阔人的路线而"逼死"他;也决不至于将他禁在床上,使他躺着研究到能够飞跑时再下地。因为她知道:假如这么办,即使长到一百岁也还是不会走路的。

古来就这样,所谓读书人,对于后起者却反而专用彰明较著的或改头换面的禁锢。近来自然客气些,有谁出来,大抵会遇见学士文人们挡驾:且住,请坐。接着是谈道理了:调查,研究,推敲,修养,……结果是老死在原地方。否则,便得到"捣乱"的称号。我也曾有如现在的青年一样,向已死和未死的导师们问过应走的路。他们都说:不可向东,或西,或南,或北。但不说应该向东,或西,或南,或北。我终于发见他们心底里的蕴蓄了:不过是一个"不走"而已。

坐着而等待平安,等待前进,倘能,那自然是很好的,但可虑的是老死而所等待的却终于不至;不生育,不流产而等待一个英伟的宁馨儿,那自然也很可喜的,但可虑的是终于什么也没有。

倘以为与其所得的不是出类拔萃的婴儿,不如断种,那就无话可说。但如果我们永远要听见人类的足音,则我以为流产究竟比不生产还有望,因为这已经明明白白地证明着能够生产的了。

十二月二十日。

本篇最初分三次发表于一九二五年十二月十日、十二日、二十二日北京《国民新报副刊》。

碎话 / 鲁迅

如果只有自己,那是都可以的:今日之我与昨日之我战也好,今日这么说明日那么说也好。但最好是在自己的脑里想,在自己的宅子里说;或者和情人谈谈也不妨,横竖她总能以"阿呀"表示其佩服,而没有第三者与闻其事。只是,假使不自珍惜,陆续发表出来,以"领袖""正人君子"自居,而称这些为"思想"或"公论"之类,却难免有多少老实人遭殃。自然,凡有神妙的变迁,原是反足以见学者文人们进步之神速的;况且文坛上本来就"只许州官放火不准百姓点灯",既不幸而为庸人,则给天才做一点牺牲,也正是应尽的义务。谁叫你不能研究或创作的呢?亦惟有活该吃苦而已矣!

然而,这是天才,或者是天才的奴才的崇论宏议。从庸人一方面看起来,却不免觉得此说虽合乎理而反乎情;因为"蝼蚁尚且贪生",也还是古之明训。所以虽然是庸人,总还想活几天,乐一点。无奈爱管闲事是他们吃苦的根苗,坐在家里好好的,却偏要出来寻导师,听公论了。学者文人们正在一日千变地进步,大家跟在他后面;他走的是小弯,你走的是大弯,他在圆心里转,你却必得在圆周上转,汗流浃背而终于不知所以,那自然是不待数计龟卜而后知的。

什么事情都要干,干,干!那当然是名言,但是倘有傻子真去买了手枪,就必要深悔前非,更进而悟到救国必先求学。这当然也是名言,何用多说呢,就遵谕钻进研究室去。待到有一天,你发见了一颗新彗星,或者知道了刘歆并非刘向的儿子之后,跳出来救国时,先觉者可是"杳如黄鹤"了,寻来寻去,也许会在戏园子里发见。你不要再菲薄那"小东人嗯嗯!哪,唉唉唉!"罢:这是艺术。听说"人类不仅是理智的动物",必须"种种方面有充分发达的人,才可以算完人"呀,学者之在戏园,乃是"在感情方面求种种的美"。

"束发小生"变成先生,从研究室里钻出,救国的资格也许有一点了,却不料还是一个精神上种种方面没有充分发达的畸形物,真是可怜可怜。

那么，立刻看夜戏，去求种种的美去，怎么样？谁知道呢。也许学者已经出戏园，学说也跟着长进（俗称改变，非也）了。

叔本华先生以厌世名一时，近来中国的绅士们却独独赏识了他的《妇人论》。的确，他的骂女人虽然还合绅士们的脾胃，但别的话却实在很有些和我们不相宜的。即如《读书和书籍》那一篇里，就说，"我们读着的时候，别人却替我们想。我们不过反复了这人的心的过程。……然而本来底地说起来，则读书时，我们的脑已非自己的活动地。这是别人的思想的战场了。"但是我们的学者文人们却正需要这样的战场——未经老练的青年的脑髓。但也并非在这上面和别的强敌战斗，乃是今日之我打昨日之我，"道义"之手批"公理"之颊——说得俗一点，自己打嘴巴。作了这样的战场者，怎么还能明白是怎么一回事。

这一月来，不知怎的又有几个学者文人或批评家亡魂失魄了，仿佛他们在上月底才从娘胎钻出，毫不知道民国十四年十二月以前的事似的。女师大学生一归她们被占的本校，就有人引以为例，说张胡子或李胡子可以"派兵送一二百学生占据了二三千学生的北大"。如果这样，北大学生确应该群起而将女师大扑灭，以免张胡或李胡援例，确保母校的安全。

但我记得北大刚举行过二十七周年纪念，那建立的历史，是并非由章士钊将张胡或李胡将要率领的二百学生拖出，然后改立北大，招生三千，以掩人耳目的。这样的比附，简直是在青年的脑上打滚。夏间，则也可以称为"挑剔风潮"。但也许批评界有时也是"只许州官放火不准百姓点灯"，正如天才之在文坛一样的。

　　学者文人们最好是有这样的一个特权，月月，时时，自己和自己战，——即自己打嘴巴。免得庸人不知，以常人为例，误以为连一点"闲话"也讲不清楚。

十二月二十二日。

　　本篇最初发表于一九二六年一月八日《猛进》周刊第四十四期。

学界的三魂 / 鲁迅

从《京报副刊》上知道有一种叫《国魂》的期刊,曾有一篇文章说章士钊固然不好,然而反对章士钊的"学匪"们也应该打倒。我不知道大意是否真如我所记得?但这也没有什么关系,因为不过引起我想到一个题目,和那原文是不相干的。意思是,中国旧说,本以为人有三魂六魄,或云七魄;国魂也该这样。而这三魂之中,似乎一是"官魂",一是"匪魂",还有一个是什么呢?也许是"民魂"罢,我不很能够决定。又因为我的见闻很偏隘,所以未敢悉指中国全社会,只好缩而小之曰"学界"。

中国人的官瘾实在深,汉重孝廉而有埋儿刻木,宋重理学而有高帽破靴,清重帖括而有"且夫""然则"。总而言之:那魂灵就在做官,——行官势,摆官腔,打官话。顶着一个皇帝做傀儡,得罪了官就是得罪了皇帝,于是那些人就得了雅号曰"匪徒"。学界的打官话是始于去年,凡反对章士钊的都得了"土匪""学匪""学棍"的称号,但仍然不知道从谁的口中说出,所以还不外乎一种"流言"。

但这也足见去年学界之糟了,竟破天荒的有了学匪。以大点的国事来比罢,太平盛世,是没有匪的;待到群盗如毛时,看旧史,一定是外戚,宦官,奸臣,小人当国,即使大打一通官话,那结果也还是"呜呼哀哉"。当这"呜呼哀哉"之前,小民便大抵相率而为盗,所以我相信源增先生的话:"表面上看只是些土匪与强盗,其实是农民革命军。"(《国民新报副刊》四三)那么,社会不是改进了么?并不,我虽然也是被谥为"土匪"之一,却并不想为老前辈们饰非掩过。农民是不来夺取政权的,源增先生又道:"任三五热心家将皇帝推倒,自己过皇帝瘾去。"但这时候,匪便被称为帝,除遗老外,文人学者却都来恭维,又称反对他的为匪了。

所以中国的国魂里大概总有这两种魂:官魂和匪魂。这也并非硬要将我辈的魂挤进国魂里去,贪图与教授名流的魂为伍,只因为事实仿佛是这样。社会诸色人等,爱看《双官诰》,也爱看《四杰村》,望偏安巴蜀的刘玄德成功,也愿意打家劫舍的宋公明得法;至少,是受了官的恩惠时候则艳羡官僚,受了官的剥削时候便同情匪类。但这也是人情之常；倘使连这一点反抗心都没有，岂不就成为万劫不复的奴才了？

然而国情不同，国魂也就两样。记得在日本留学时候，有些同学问我在中国最有大利的买卖是什么，我答道："造反。"他们便大骇怪。在万世一系的国度里，那时听到皇帝可以一脚踢落，就如我们听说父母可以一棒打杀一般。为一部分士女所心悦诚服的李景林先生，可就深知此意了，要是报纸上所传非虚。今天的《京报》即载着他对某外交官的谈话道："予预计于旧历正月间，当能与君在天津晤谈；若天津攻击竟至失败，则拟俟三四月间卷土重来，若再失败，则暂投土匪，徐养兵力，以待时机"云。但他所希望的不是做皇帝，那大概是因为中华民国之故罢。

所谓学界，是一种发生较新的阶级，本该可以有将旧魂灵略加湔洗之望了，但听到"学官"的官话，和"学匪"的新名，则似乎还走着旧道路。那末，当然也得打倒的。这来打倒他的是"民魂"，是国魂的第三种。先前不很发扬，所以一闹之后，终不自取政权，而只"任三五热心家将皇帝推倒，自己过皇帝瘾去"了。

惟有民魂是值得宝贵的，惟有他发扬起来，中国才有真进步。但是，当此连学界也倒走旧路的时候，怎能轻易地发挥得出来呢？在乌烟瘴气之中，有官之所谓"匪"和民之所谓匪；有官之所谓"民"和民之所谓民；有官以为"匪"而其实是真的国民，有官以为"民"而其实是衙役和马弁。所以貌似"民魂"的，有时仍不免为"官魂"，这是鉴别魂灵者所应该十分注意的。

话又说远了，回到本题去。去年，自从章士钊提了"整顿学风"的招牌，上了教育总长的大任之后，学界里就官气弥漫，顺我者"通"，逆我者"匪"，官腔官话的余气，至今还没有完。但学界却也幸而因此分清了颜色；只是代表官魂的还不是章士钊，因为上头还有"减膳"执政在，他至多不过做了一个官魄；现在是在天津"徐养兵力，以待时机"了。我不看《甲寅》，不知道说些什么话：官话呢，匪话呢，民话呢，衙役马弁话呢？……

一月二十四日。

本篇最初发表于一九二六年二月一日《语丝》周刊第六十四期。

一点比喻 / 鲁迅

在我的故乡不大通行吃羊肉，阖城里，每天大约不过杀几匹山羊。北京真是人海，情形可大不相同了，单是羊肉铺就触目皆是。雪白的群羊也常常满街走，但都是胡羊，在我们那里称绵羊的。山羊很少见；听说这在北京却颇名贵了，因为比胡羊聪明，能够率领羊群，悉依它的进止，所以畜牧家虽然偶而养几匹，却只用作胡羊们的领导，并不杀掉它。

这样的山羊我只见过一回，确是走在一群胡羊的前面，脖子上还挂着一个小铃铎，作为智识阶级的徽章。通常，领的赶的却多是牧人，胡羊们便成了一长串，挨挨挤挤，浩浩荡荡，凝着柔顺有余的眼色，跟定他匆匆地竞奔它们的前程。我看见这种认真的忙迫的情形时，心里总想开口向它们发一句愚不可及的疑问——

"往那里去?!"

人群中也很有这样的山羊,能领了群众稳妥平静地走去,直到他们应该走到的所在。袁世凯明白一点这种事,可惜用得不大巧,大概因为他是不很读书的,所以也就难于熟悉运用那些的奥妙。后来的武人可更蠢了,只会自己乱打乱割,乱得哀号之声,洋洋盈耳,结果是除了残虐百姓之外,还加上轻视学问,荒废教育的恶名。然而"经一事,长一智",二十世纪已过了四分之一,脖子上挂着小铃铎的聪明人是总要交到红运的,虽然现在表面上还不免有些小挫折。

那时候,人们,尤其是青年,就都循规蹈矩,既不嚣张,也不浮动,一心向着"正路"前进了,只要没有人问——

"往那里去?!"

君子若曰:"羊总是羊,不成了一长串顺从地走,还有什么别的法子呢?君不见夫猪乎?拖延着,逃着,喊着,奔突着,终于也还是被捉到非去不可的地方去,那些暴动,不过是空费力气而已矣。"

这是说:虽死也应该如羊,使天下太平,彼此省力。

这计划当然是很妥帖,大可佩服的。然而,君不见夫野猪乎?它以两个牙,使老猎人也不免于退避。这牙,只要猪脱出了牧豖奴所造的猪圈,走入山野,不久就会长出来。

一点比喻

    Schopenhauer先生曾将绅士们比作豪猪,我想,这实在有些失体统。但在他,自然并没有什么别的恶意的,不过拉扯来作一个比喻。《Parerga und paralipomena》里有着这样意思的话:有一群豪猪,在冬天想用了大家的体温来御寒冷,紧靠起来了,但它们彼此即刻又觉得刺的疼痛,于是乎又离开。然而温暖的必要,再使它们靠近时,却又吃了照样的苦。但它们在这两种困难中,终于发现了彼此之间的适宜的间隔,以这距离,它们能够过得最平安。人们因为社交的要求,聚在一处,又因为各有可厌的许多性质和难堪的缺陷,再使他们分离。他们最后所发现的距离,——使他们得以聚在一处的中庸的距离,就是"礼让"和"上流的风习"。有不守这距离的,在英国就这样叫,"Keep your distance!"

    但即使这样叫,恐怕也只能在豪猪和豪猪之间才有效力罢,因为它们彼此的守着距离,原因是在于痛而不在于叫的。

    假使豪猪们中夹着一个别的,并没有刺,则无论怎么叫,它们总还是挤过来。孔子说:礼不下庶人。照现在的情形看,该是并非庶人不得接近豪猪,却是豪猪可以任意刺着庶人而取得温暖。受伤是当然要受伤的,但这也只能怪你自己独独没有刺,不足以让他守定适当的距离。孔子又说:刑不上大夫。这就又难怪人们的要做绅士。

　　这些豪猪们,自然也可以用牙角或棍棒来抵御的,但至少必须拚出背一条豪猪社会所制定的罪名:"下流"或"无礼"。

一月二十五日。

　　本篇最初发表于一九二六年二月二十五日《莽原》半月刊第四期。

送灶日漫笔 / 鲁迅

坐听着远远近近的爆竹声,知道灶君先生们都在陆续上天,向玉皇大帝讲他的东家的坏话去了,但是他大概终于没有讲,否则,中国人一定比现在要更倒楣。

灶君升天的那日,街上还卖着一种糖,有柑子那么大小,在我们那里也有这东西,然而扁的,像一个厚厚的小烙饼。那就是所谓"胶牙饧"了。本意是在请灶君吃了,粘住他的牙,使他不能调嘴学舌,对玉帝说坏话。我们中国人意中的神鬼,似乎比活人要老实些,所以对鬼神要用这样的强硬手段,而于活人却只好请吃饭。

今之君子往往讳言吃饭,尤其是请吃饭。那自然是无足怪的,的确不大好听。只是北京的饭店那么多,饭局那么多,莫非都在食蛤蜊,谈风月,"酒酣耳热而歌呜呜"么?不尽然的,的确也有许多"公论"从这些地方播种,只因为公论和请帖之间看不出蛛丝马迹,所以议论便堂哉皇哉了。但我的意见,却以为还是酒后的公论有情。人非木石,岂能一味谈理,碍于情面而偏过去了,在这里正有着人气息。况且中国是一向重情面的。何谓情面?明朝就有人解释过,曰:"情面者,面情之谓也。"自然不知道他说什么,但也就可以懂得他说什么。在现今的世上,要有不偏不倚的公论,本来是一种梦想;即使是饭后的公评,酒后的宏议,也何尝不可姑妄听之呢。然而,倘以为那是真正老牌的公论,却一定上当,——但这也不能独归罪于公论家,社会上风行请吃饭而讳言请吃饭,使人们不得不虚假,那自然也应该分任其咎的。

记得好几年前,是"兵谏"之后,有枪阶级专喜欢在天津会议的时候,有一个青年愤愤地告诉我道:他们那里是会议呢,在酒席上,在赌桌上,带着说几句就决定了。他就是受了"公论不发源于酒饭说"之骗的一个,所以永远是愤然,殊不知他理想中的情形,怕要到二九二五年才会出现呢,或者竟许到三九二五年。

然而不以酒饭为重的老实人,却是的确也有的,要不然,中国自然还要坏。有些会议,从午后二时起,讨论问题,研究章程,此问彼难,风起云涌,一直到七八点,大家就无端觉得有些焦躁不安,脾气愈大了,议论愈纠纷了,章程愈渺茫了,虽说我们到讨论完毕后才散罢，但终于一哄而散，无结果。这就是轻视了吃饭的报应，六七点钟时分的焦躁不安，就是肚子对于本身和别人的警告，而大家误信了吃饭与讲公理无关的妖言，毫不瞅睬，所以肚子就使你演说也没精采，宣言也——连草稿都没有。

但我并不说凡有一点事情，总得到什么太平湖饭店，撷英番菜馆之类里去开大宴；我于那些店里都没有股本，犯不上替他们来拉主顾，人们也不见得都有这么多的钱。我不过说，发议论和请吃饭，现在还是有关系的；请吃饭之于发议论，现在也还是有益处的；虽然，这也是人情之常，无足深怪的。

顺便还要给热心而老实的青年们进一个忠告，就是没酒没饭的开会，时候不要开得太长，倘若时候已晚了，那么，买几个烧饼来吃了再说。这么一办，总可以比空着肚子的讨论容易有结果，容易得收场。

胶牙饧的强硬办法，用在灶君身上我不管它怎样，用之于活人是不大好的。倘是活人，莫妙于给他醉饱一次，使他自己不开口，却不是胶住他。中国人对人的手段颇高明，对鬼神却总有些特别，二十三夜的捉弄灶君即其一例，但说起来也奇怪，灶君竟至于到了现在，还仿佛没有省悟似的。

道士们的对付"三尸神"，可是更利害了。我也没有做过道士，详细是不知道的，但据"耳食之言"，则道士们以为人身中有三尸神，到有一日，便乘人熟睡时，偷偷地上天去奏本身的过恶。这实在是人体本身中的奸细，《封神传演义》常说的"三尸神暴躁，七窍生烟"的三尸神，也就是这东西。但据说要抵制他却不难，因为他上天的日子是有一定的，只要这一日不睡觉，他便无隙可乘，只好将过恶都放在肚子里，再看明年的机会了。连胶牙饧都没得吃，他实在比灶君还不幸，值得同情。

三尸神不上天，罪状都放在肚子里；灶君虽上天，满嘴是糖，在玉皇大帝面前含含胡胡地说了一通，又下来了。对于下界的情形，玉皇大帝一点也听不懂，一点也不知道，于是我们今年当然还是一切照旧，天下太平。

我们中国人对于鬼神也有这样的手段。

我们中国人虽然敬信鬼神；却以为鬼神总比人们傻，所以就用了特别的方法来处治他。至于对人，那自然是不同的了，但还是用了特别的方法来处治，只是不肯说；你一说，据说你就是卑视了他了。诚然，自以为看穿了的话，有时也的确反不免于浅薄。

二月五日。

本篇最初发表于一九二六年二月十一日《国民新报副刊》。

记念刘和珍君 / 鲁迅

一

中华民国十五年三月二十五日,就是国立北京女子师范大学为十八日在段祺瑞执政府前遇害的刘和珍杨德群两君开追悼会的那一天,我独在礼堂外徘徊,遇见程君,前来问我道,"先生可曾为刘和珍写了一点什么没有?"我说"没有"。她就正告我,"先生还是写一点罢;刘和珍生前就很爱看先生的文章。"

这是我知道的,凡我所编辑的期刊,大概是因为往往有始无终之故罢,销行一向就甚为寥落,然而在这样的生活艰难中,毅然预定了《莽原》全年的就有她。我也早觉得有写一点东西的必要了,这虽然于死者毫不相干,但在生者,却大抵只能如此而已。倘使我能够相信真有所谓"在天之灵",那自然可以得到更大的安慰,——但是,现在,却只能如此而已。

可是我实在无话可说。我只觉得所住的并非人间。四十多个青年的血,洋溢在我的周围,使我艰于呼吸视听,那里还能有什么言语?长歌当哭,是必须在痛定之后的。而此后几个所谓学者文人的阴险的论调,尤使我觉得悲哀。我已经出离愤怒了。我将深味这非人间的浓黑的悲凉;以我的最大哀痛显示于非人间,使它们快意于我的苦痛,就将这作为后死者的菲薄的祭品,奉献于逝者的灵前。

二

真的猛士,敢于直面惨淡的人生,敢于正视淋漓的鲜血。这是怎样的哀痛者和幸福者?然而造化又常常为庸人设计,以时间的流驶,来洗涤旧迹,仅使留下淡红的血色和微漠的悲哀。在这淡红的血色和微漠的悲哀中,又给人暂得偷生,维持着这似人非人的世界。我不知道这样的世界何时是一个尽头!

我们还在这样的世上活着;我也早觉得有写一点东西的必要了。离三月十八日也已有两星期,忘却的救主快要降临了罢,我正有写一点东西的必要了。

三

在四十余被害的青年之中，刘和珍君是我的学生。学生云者，我向来这样想，这样说，现在却觉得有些踌躇了，我应该对她奉献我的悲哀与尊敬。她不是"苟活到现在的我"的学生，是为了中国而死的中国的青年。

她的姓名第一次为我所见，是在去年夏初杨荫榆女士做女子师范大学校长，开除校中六个学生自治会职员的时候。其中的一个就是她；但是我不认识。直到后来，也许已经是刘百昭率领男女武将，强拖出校之后了，才有人指着一个学生告诉我，说：这就是刘和珍。其时我才能将姓名和实体联合起来，心中却暗自诧异。我平素想，能够不为势利所屈，反抗一广有羽翼的校长的学生，无论如何，总该是有些桀骜锋利的，但她却常常微笑着，态度很温和。待到偏安于宗帽胡同，赁屋授课之后，她才始来听我的讲义，于是见面的回数就较多了，也还是始终微笑着，态度很温和。待到学校恢复旧观，往日的教职员以为责任已尽，准备陆续引退的时候，我才见她虑及母校前途，黯然至于泣下。此后似乎就不相见。

总之，在我的记忆上，那一次就是永别了。

四

我在十八日早晨，才知道上午有群众向执政府请愿的事；下午便得到噩耗，说卫队居然开枪，死伤至数百人，而刘和珍君即在遇害者之列。但我对于这些传说，竟至于颇为怀疑。我向来是不惮以最坏的恶意，来推测中国人的，然而我还不料，也不信竟会下劣凶残到这地步。况且始终微笑着的和蔼的刘和珍君，更何至于无端在府门前喋血呢？

然而即日证明是事实了，作证的便是她自己的尸骸。还有一具，是杨德群君的。而且又证明着这不但是杀害，简直是虐杀，因为身体上还有棍棒的伤痕。

但段政府就有令，说她们是"暴徒"！

但接着就有流言，说她们是受人利用的。

惨象，已使我目不忍视了；流言，尤使我耳不忍闻。我还有什么话可说呢？我懂得衰亡民族之所以默无声息的缘由了。沉默呵，沉默呵！不在沉默中爆发，就在沉默中灭亡。

五

但是,我还有要说的话。

我没有亲见;听说,她,刘和珍君,那时是欣然前往的。自然,请愿而已,稍有人心者,谁也不会料到有这样的罗网。

但竟在执政府前中弹了,从背部入,斜穿心肺,已是致命的创伤,只是没有便死。同去的张静淑君想扶起她,中了四弹,其一是手枪,立仆;同去的杨德群君又想去扶起她,也被击,弹从左肩入,穿胸偏右出,也立仆。但她还能坐起来,一个兵在她头部及胸部猛击两棍,于是死掉了。

始终微笑的和蔼的刘和珍君确是死掉了,这是真的,有她自己的尸骸为证;沉勇而友爱的杨德群君也死掉了,有她自己的尸骸为证;只有一样沉勇而友爱的张静淑君还在医院里呻吟。当三个女子从容地转辗于文明人所发明的枪弹的攒射中的时候,这是怎样的一个惊心动魄的伟大呵!中国军人的屠戮妇婴的伟绩,八国联军的惩创学生的武功,不幸全被这几缕血痕抹杀了。

但是中外的杀人者却居然昂起头来,不知道个个脸上有着血污……

六

时间永是流驶,街市依旧太平,有限的几个生命,在中国是不算什么的,至多,不过供无恶意的闲人以饭后的谈资,或者给有恶意的闲人作"流言"的种子。至于此外的深的意义,我总觉得很寥寥,因为这实在不过是徒手的请愿。人类的血战前行的历史,正如煤的形成,当时用大量的木材,结果却只是一小块,但请愿是不在其中的,更何况是徒手。

然而既然有了血痕了,当然不觉要扩大。至少,也当浸渍了亲族;师友,爱人的心,纵使时光流驶,洗成绯红,也会在微漠的悲哀中永存微笑的和蔼的旧影。陶潜说过,"亲戚或余悲,他人亦已歌,死去何所道,托体同山阿。"倘能如此,这也就够了。

七

我已经说过:我向来是不惮以最坏的恶意来推测中国人的。但这回却很有几点出于我的意外。一是当局者竟会这样地凶残,一是流言家竟至如此之下劣,一是中国的女性临难竟能如是之从容。

我目睹中国女子的办事,是始于去年的,虽然是少数,但看那干练坚决,百折不回的气概,曾经屡次为之感叹。至于这一回在弹雨中互相救助,虽殒身不恤的事实,则更足为中国女子的勇毅,虽遭阴谋秘计,压抑至数千年,而终于没有消亡的明证了。倘要寻求这一次死伤者对于将来的意义,意义就在此罢。

苟活者在淡红的血色中,会依稀看见微茫的希望;真的猛士,将更奋然而前行。

呜呼,我说不出话,但以此记念刘和珍君!

四月一日。

本篇最初发表于一九二六年四月十二日《语丝》周刊第七十四期。

世故三昧 / 鲁迅

人世间真是难处的地方,说一个人"不通世故",固然不是好话,但说他"深于世故"也不是好话。"世故"似乎也像"革命之不可不革,而亦不可太革"一样,不可不通,而亦不可太通的。

然而据我的经验,得到"深于世故"的恶谥者,却还是因为"不通世故"的缘故。

现在我假设以这样的话,来劝导青年人——"如果你遇见社会上有不平事,万不可挺身而出,讲公道话,否则,事情倒会移到你头上来,甚至于会被指作反动分子的。如果你遇见有人被冤枉,被诬陷的,即使明知道他是好人,也万不可挺身而出,去给他解释或分辩,否则,你就会被人说是他的亲戚,或得了他的贿路;倘使那是女人,就要被疑为她的情人的;如果他较有名,那便是党羽。例如我自己罢,给一个毫不相干的女士做了一篇信札集的序,人们就说她是我的小姨;绍介一点科学的文艺理论,人们就说得了苏联的卢布。亲戚和金钱,在目下的中国,关系也真是大,事实给与了教训,人们看惯了,以为人人都脱不了这关系,原也无足深怪的。

"然而,有些人其实也并不真相信,只是说着玩玩,有趣有趣的。即使有人为了谣言,弄得凌迟碎剐,像明末的郑鄤那样了,和自己也并不相干,总不如有趣的紧要。这时你如果去辨正,那就是使大家扫兴,结果还是你自己倒楣。我也有一个经验,那是十多年前,我在教育部里做"官僚",常听得同事说,某女学校的学生,是可以叫出来嫖的,连机关的地址门牌,也说得明明白白。有一回我偶然走过这条街,一个人对于坏事情,是记性好一点的,我记起来了,便留心着那门牌,但这一号,却是一块小空地,有一口大井,一间很破烂的小屋,是几个山东人住着卖水的地方,决计做不了别用。待到他们又在谈着这事的时候,我便说出我的所见来,而不料大家竟笑容尽敛,不欢而散了,此后不和我谈天者两三月。我事后才悟到打断了他们的兴致,是不应该的。

"所以,你最好是莫问是非曲直,一味附和着大家;但更好是不开口;而在更好之上的是连脸上也不显出心里的是非的模样来……"

这是处世法的精义,只要黄河不流到脚下,炸弹不落在身边,可以保管一世没有挫折的。但我恐怕青年人未必以我的话为然；便是中年，老年人，也许要以为我是在教坏了他们的子弟。呜呼，那么，一片苦心，竟是白费了。

然而倘说中国现在正如唐虞盛世，却又未免是"世故"之谈。耳闻目睹的不算，单是看看报章，也就可以知道社会上有多少不平，人们有多少冤抑。但对于这些事，除了有时或有同业，同乡，同族的人们来说几句呼吁的话之外，利害无关的人的义愤的声音，我们是很少听到的。这很分明，是大家不开口；或者以为和自己不相干；或者连"以为和自己不相干"的意思也全没有。"世故"深到不自觉其"深于世故"，这才真是"深于世故"的了。这是中国处世法的精义中的精义。

而且，对于看了我的劝导青年人的话，心以为非的人物，我还有一下反攻在这里。他是以我为狡猾的。但是，我的话里，一面固然显示着我的狡猾，而且无能，但一面也显示着社会的黑暗。他单责个人，正是最稳妥的办法，倘使兼责社会，可就得站出去战斗了。责人的"深于世故"而避开了"世"不谈，这是更"深于世故"的玩艺，倘若自己不觉得，那就更深更深了，离三昧境盖不远矣。

不过凡事一说，即落言筌，不再能得三昧。说"世故三昧"

者,即非"世故三昧"。三昧真谛,在行而不言;我现在一说"行而不言",却又失了真谛,离三昧境盖益远矣。

一切善知识,心知其意可也!

十月十三日。

本篇最初发表于一九三三年十一月十五日《申报月刊》第二卷第十一号。

辩论的
思考与逻辑

谚语 / 鲁迅

　　粗略的一想，谚语固然好像一时代一国民的意思的结晶，但其实，却不过是一部分的人们的意思。现在就以"各人自扫门前雪，莫管他家瓦上霜"来做例子罢，这乃是被压迫者们的格言，教人要奉公，纳税，输捐，安分，不可怠慢，不可不平，尤其是不要管闲事；而压迫者是不算在内的。

　　专制者的反面就是奴才，有权时无所不为，失势时即奴性十足。孙皓是特等的暴君，但降晋之后，简直像一个帮闲；宋徽宗在位时，不可一世，而被掳后偏会含垢忍辱。做主子时以一切别人为奴才，则有了主子，一定以奴才自命：这是天经地义，无可动摇的。

　　所以被压制时，信奉着"各人自扫门前雪，莫管他家瓦上霜"的格言的人物，一旦得势，足以凌人的时候，他的行为就截然不同，变为"各人不扫门前雪，却管他家瓦上霜"了。

二十年来，我们常常看见：武将原是练兵打仗的，且不问他这兵是用以安内或攘外，总之他的"门前雪"是治军，然而他偏来干涉教育，主持道德；教育家原是办学的，无论他成绩如何，总之他的"门前雪"是学务，然而他偏去膜拜"活佛"，绍介国医。小百姓随军充伕，童子军沿门募款。头儿胡行于上，蚁民乱碰于下，结果是各人的门前都不成样，各家的瓦上也一团糟。

女人露出了臂膊和小腿，好像竟打动了贤人们的心，我记得曾有许多人絮絮叨叨，主张禁止过，后来也确有明文禁止了。不料到得今年，却又"衣服蔽体已足，何必前拖后曳，消耗布匹，……顾念时艰，后患何堪设想"起来，四川的营山县长于是就令公安局派队一一剪掉行人的长衣的下截。长衣原是累赘的东西，但以为不穿长衣，或剪去下截，即于"时艰"有补，却是一种特别的经济学。《汉书》上有一句云，"口含天宪"，此之谓也。

某一种人，一定只有这某一种人的思想和眼光，不能越出他本阶级之外。说起来，好像又在提倡什么犯讳的阶级了，然而事实是如此的。谣谚并非全国民的意思，就为了这缘故。古之秀才，自以为无所不晓，于是有"秀才不出门，而知天下事"这自负的漫天大谎，小百姓信以为真，也就渐渐的成了谚语，流行开来。

其实是"秀才虽出门，不知天下事"的。秀才只有秀才头脑和秀才眼睛，对于天下事，那里看得分明，想得清楚。清末，因为想"维新"，常派些"人才"出洋去考察，我们现在看看他们的笔记罢，他们最以为奇的是什么馆里的蜡人能够和活人对面下棋。南海圣人康有为，佼佼者也，他周游十一国，一直到得巴尔干，这才悟出外国之所以常有"弑君"之故来了，曰：因为宫墙太矮的缘故。

六月十三日。

本篇最初发表于一九三三年七月十五日《申报月刊》第二卷第七号。

谣言世家 / 鲁迅

双十佳节,有一位文学家大名汤增敭先生的,在《时事新报》上给我们讲光复时候的杭州的故事。他说那时杭州杀掉许多驻防的旗人,辨别的方法,是因为旗人叫"九"为"钩"的,所以要他说"九百九十九",一露马脚,刀就砍下去了。

这固然是颇武勇,也颇有趣的。但是,可惜是谣言。

中国人里,杭州人是比较的文弱的人。当钱大王治世的时候,人民被刮得衣裤全无,只用一片瓦掩着下部,然而还要追捐,除被打得麕一般叫之外,并无贰话。不过这出于宋人的笔记,是谣言也说不定的。但宋明的末代皇帝,带着没落的阔人,和暮气一同滔滔的逃到杭州来,却是事实,苟延残喘,要大家有刚决的气魄,难不难。到现在,西子湖边还多是摇摇摆摆的雅人;连流氓也少有浙东似的"白刀子进红刀子出"的打架。自然,倘有军阀做着后盾,那是也会格外的撒泼的,不过当时实在并无敢于杀人的风气,也没有乐于杀人的人们。我们只要看举了老成持重的汤蛰仙先生做都督,就可以知道是不会流血的了。

不过战事是有的。革命军围住旗营,开枪打进去,里面也有时打出来。然而围得并不紧,我有一个熟人,白天在外面逛,晚上却自进旗营睡觉去了。

虽然如此,驻防军也终于被击溃,旗人降服了,房屋被充公是有的,却并没有杀戮。口粮当然取消,各人自寻生计,开初倒还好,后来就遭灾。

怎么会遭灾的呢?就是发生了谣言。

杭州的旗人一向优游于西子湖边,秀气所钟,是聪明的,他们知道没有了粮,只好做生意,于是卖糕的也有,卖小菜的也有。杭州人是客气的,并不歧视,生意也还不坏。然而祖传的谣言起来了,说是旗人所卖的东西,里面都藏着毒药。这一下子就使汉人避之惟恐不远,但倒是怕旗人来毒自己,并不是自己想去害旗人。结果是他们所卖的糕饼小菜,毫无生意,只得在路边出卖那些不能下毒的家具。家具一完,途穷路绝,就一败涂地了。这是杭州驻防旗人的收场。

笑里可以有刀，自称酷爱和平的人民，也会有杀人不见血的武器，那就是造谣言。但一面害人，一面也害己，弄得彼此懵懵懂懂。古时候无须提起了，即在近五十年来，甲午战败，就说是李鸿章害的，因为他儿子是日本的驸马，骂了他小半世；庚子拳变，又说洋鬼子是挖眼睛的，因为造药水，就乱杀了一大通。下毒学说起于辛亥光复之际的杭州，而复活于近来排日的时候。我还记得每有一回谣言，就总有谁被诬为下毒的奸细，给谁平白打死了。

谣言世家的子弟，是以谣言杀人，也以谣言被杀的。

至于用数目来辨别汉满之法，我在杭州倒听说是出于湖北的荆州的，就是要他们数一二三四，数到"六"字，读作上声，便杀却。但杭州离荆州太远了，这还是一种谣言也难说。

我有时也不大能够分清那句是谣言，那句是真话了。

十月十三日。

本篇最初发表于一九三三年十一月十五日《申报月刊》第二卷第十一号。

观斗 / 鲁迅

我们中国人总喜欢说自己爱和平,但其实,是爱斗争的,爱看别的东西斗争,也爱看自己们斗争。

最普通的是斗鸡,斗蟋蟀,南方有斗黄头鸟,斗画眉鸟,北方有斗鹌鹑,一群闲人们围着呆看,还因此赌输赢。古时候有斗鱼,现在变把戏的会使跳蚤打架。看今年的《东方杂志》,才知道金华又有斗牛,不过和西班牙却两样的,西班牙是人和牛斗,我们是使牛和牛斗。

任他们斗争着,自己不与斗,只是看。

军阀们只管自己斗争着,人民不与闻,只是看。

然而军阀们也不是自己亲身在斗争,是使兵士们相斗争,所以频年恶战,而头儿个个终于是好好的,忽而误会消释了,忽而杯酒言欢了,忽而共同御侮了,忽而立誓报国了,忽而……。不消说,忽而自然不免又打起来了。

然而人民一任他们玩把戏,只是看。

但我们的斗士,只有对于外敌却是两样的:近的,是"不抵抗",远的,是"负弩前驱"云。

"不抵抗"在字面上已经说得明明白白。"负弩前驱"呢,弩机的制度早已失传了,必须待考古学家研究出来,制造起来,然后能够负,然后能够前驱。

还是留着国产的兵士和现买的军火,自己斗争下去罢。中国的人口多得很,暂时总有一些子遗在看着的。但自然,倘要这样,则对于外敌,就一定非"爱和平"不可。

一月二十四日。

本篇最初发表于一九三三年一月三十一日上海《申报·自由谈》。

从讽刺到幽默 / 鲁迅

讽刺家,是危险的。

假使他所讽刺的是不识字者,被杀戮者,被囚禁者,被压迫者罢,那很好,正可给读他文章的所谓有教育的智识者嘻嘻一笑,更觉得自己的勇敢和高明。然而现今的讽刺家之所以为讽刺家,却正在讽刺这一流所谓有教育的智识者社会。

因为所讽刺的是这一流社会,其中的各分子便各各觉得好像刺着了自己,就一个个的暗暗的迎出来,又用了他们的讽刺,想来刺死这讽刺者。

最先是说他冷嘲,渐渐的又七嘴八舌的说他谩骂,俏皮话,刻毒,可恶,学匪,绍兴师爷,等等,等等。然而讽刺社会的讽刺,却往往仍然会"悠久得惊人"的,即使捧出了做过和尚的洋人或专办了小报来打击,也还是没有效,这怎不气死人也么哥呢!

枢纽是在这里:他所讽刺的是社会,社会不变,这讽刺就跟着存在,而你所刺的是他个人,他的讽刺倘存在,你的讽刺就落空了。

所以,要打倒这样的可恶的讽刺家,只好来改变社会。

然而社会讽刺家究竟是危险的,尤其是在有些"文学家"明明暗暗的成了"王之爪牙"的时代。人们谁高兴做"文字狱"中的主角呢,但倘不死绝,肚子里总还有半口闷气,要借着笑的幌子,哈哈的吐他出来。笑笑既不至于得罪别人,现在的法律上也尚无国民必须哭丧着脸的规定,并非"非法",盖可断言的。

我想:这便是去年以来,文字上流行了"幽默"的原因,但其中单是"为笑笑而笑笑"的自然也不少。

然而这情形恐怕是过不长久的,"幽默"既非国产,中国人也不是长于"幽默"的人民,而现在又实在是难以幽默的时候。于是虽幽默也就免不了改变样子了,非倾于对社会的讽刺,即堕入传统的"说笑话"和"讨便宜"。

三月二日。

本篇最初发表于一九三三年三月七日《申报·自由谈》。

从幽默到正经 / 鲁迅

"幽默"一倾于讽刺,失了它的本领且不说,最可怕的是有些人又要来"讽刺",来陷害了,倘若堕于"说笑话",则寿命是可以较为长远,流年也大致顺利的,但愈堕愈近于国货,终将成为洋式徐文长。当提倡国货声中,广告上已有中国的"自造舶来品",便是一个证据。

而况我实在恐怕法律上不久也就要有规定国民必须哭丧着脸的明文了。笑笑,原也不能算"非法"的。但不幸东省沦陷,举国骚然,爱国之士竭力搜索失地的原因,结果发见了其一是在青年的爱玩乐,学跳舞。当北海上正在嘻嘻哈哈的溜冰的时候,一个大炸弹抛下来,虽然没有伤人,冰却已经炸了一个大窟窿,不能溜之大吉了。

又不幸而榆关失守，热河吃紧了，有名的文人学士，也就更加吃紧起来，做挽歌的也有，做战歌的也有，讲文德的也有，骂人固然可恶，俏皮也不文明，要大家做正经文章，装正经脸孔，以补"不抵抗主义"之不足。

但人类究竟不能这么沉静，当大敌压境之际，手无寸铁，杀不得敌人，而心里却总是愤怒的，于是他就不免寻求敌人的替代。这时候，笑嘻嘻的可就遭殃了，因为他这时便被叫作："陈叔宝全无心肝"。所以知机的人，必须也和大家一样哭丧着脸，以免于难。"聪明人不吃眼前亏"，亦古贤之遗教也，然而这时也就"幽默"归天，"正经"统一了剩下的全中国。

明白这一节，我们就知道先前为什么无论贞女与淫女，见人时都得不笑不言；现在为什么送葬的女人，无论悲哀与否，在路上定要放声大叫。

这就是"正经"。说出来么，那就是"刻毒"。

三月二日。

本篇最初发表于一九三三年三月八日《申报·自由谈》。

辩论的
思考与逻辑

安贫乐道法 / 鲁迅

孩子是要别人教的，毛病是要别人医的，即使自己是教员或医生。但做人处世的法子，却恐怕要自己斟酌，许多别人开来的良方，往往不过是废纸。

劝人安贫乐道是古今治国平天下的大经络，开过的方子也很多，但都没有十全大补的功效。因此新方子也开不完，新近就看见了两种，但我想：恐怕都不大妥当。

一种是教人对于职业要发生兴趣，一有兴趣，就无论什么事，都乐此不倦了。当然，言之成理的，但到底须是轻松一点的职业。且不说掘煤，挑粪那些事，就是上海工厂里做工至少每天十点的工人，到晚快边就一定筋疲力倦，受伤的事情是大抵出在那时候的。"健全的精神，宿于健全的身体之中"，连自己的身体也顾不转了,怎么还会有兴趣?——除非他爱兴趣比性命还利害。倘若问他们自己罢,我想,一定说是减少工作的时间,做梦也想不到发生兴趣法的。

还有一种是极其彻底的:说是大热天气,阔人还忙于应酬,汗流浃背,穷人却挟了一条破席,铺在路上,脱衣服,浴凉风,其乐无穷,这叫作"席卷天下"。这也是一张少见的富有诗趣的药方,不过也有煞风景在后面。快要秋凉了,一早到马路上去走走,看见手捧肚子,口吐黄水的就是那些"席卷天下"的前任活神仙。大约眼前有福,偏不去享的大愚人,世上究竟是不多的,如果精穷真是这么有趣,现在的阔人一定首先躺在马路上,而现在的穷人的席子也没有地方铺开来了。

上海中学会考的优良成绩发表了,有《衣取蔽寒食取充腹论》,其中有一段——

"……若德业已立,则虽饔飧不继,捉襟肘见,而其名德足传于后,精神生活,将充分发展,又何患物质生活之不足耶?人生真谛,固在彼而不在此也。……"(由《新语林》第三期转录)

这比题旨更进了一步,说是连不能"充腹"也不要紧的。但中学生所开的良方,对于大学生就不适用,同时还是出现了要求职业的一大群。

辩论的
　　思考与逻辑

　　事实是毫无情面的东西，它能将空言打得粉碎。有这么的彰明较著，其实，据我的愚见，是大可以不必再玩"之乎者也"了——横竖永远是没有用的。

八月十三日。

　　本篇最初发表于一九三四年八月十六日《申报·自由谈》。

骂杀与捧杀 / 鲁迅

现在有些不满于文学批评的,总说近几年的所谓批评,不外乎捧与骂。

其实所谓捧与骂者,不过是将称赞与攻击,换了两个不好看的字眼。指英雄为英雄,说娼妇是娼妇,表面上虽像捧与骂,实则说得刚刚合式,不能责备批评家的。批评家的错处,是在乱骂与乱捧,例如说英雄是娼妇,举娼妇为英雄。

批评的失了威力,由于"乱",甚而至于"乱"到和事实相反,这底细一被大家看出,那效果有时也就相反了。所以现在被骂杀的少,被捧杀的却多。

人古而事近的,就是袁中郎。这一班明末的作家,在文学史上,是自有他们的价值和地位的。而不幸被一群学者们捧了出来,颂扬,标点,印刷,"色借,日月借,烛借,青黄借,眼色无常。声借,钟鼓借,枯竹窍借……""借"得他一榻胡涂,正如在中郎脸上,画上花脸,却指给大家看,啧啧赞叹道:"看哪,这多么'性灵'呀!"对于中郎的本质,自然是并无关系的,但在未经别人将花脸洗清之前,这"中郎"总不免招人好笑,大触其霉头。

人近而事古的,我记起了泰戈尔。他到中国来了,开坛讲演,人给他摆出一张琴,烧上一炉香,左有林长民,右有徐志摩,各各头戴印度帽。徐诗人开始绍介了:"唵!叽哩咕噜,白云清风,银磬……当!"说得他好像活神仙一样,于是我们的地上的青年们失望,离开了。神仙和凡人,怎能不离开呢?但我今年看见他论苏联的文章,自己声明道:"我是一个英国治下的印度人。"他自己知道得明明白白。大约他到中国来的时候,决不至于还胡涂,如果我们的诗人诸公不将他制成一个活神仙,青年们对于他是不至于如此隔膜的。现在可是老大的晦气。

以学者或诗人的招牌,来批评或介绍一个作者,开初是很能够蒙混旁人的,但待到旁人看清了这作者的真相的时候,却只剩了他自己的不诚恳，或学识的不够了。然而如果没有旁人来指明真相呢，这作家就从此被捧杀，不知道要多少年后才翻身。

十一月十九日。

本篇最初发表于一九三四年十一月二十三日《中华日报·动向》。

漫骂 / 鲁迅

还有一种不满于批评家的批评,是说所谓批评家好"漫骂",所以他的文字并不是批评。

这"漫骂",有人写作"嫚骂",也有人写作"谩骂",我不知道是否是一样的函义。但这姑且不管它也好。现在要问的是怎样的是"漫骂"。

假如指着一个人,说道:这是婊子!如果她是良家,那就是漫骂;倘使她实在是做卖笑生涯的,就并不是漫骂,倒是说了真实。诗人没有捐班,富翁只会计较,因为事实是这样的,所以这是真话,即使称之为漫骂,诗人也还是捐不来,这是幻想碰在现实上的小钉子。

有钱不能就有文才,比"儿女成行"并不一定明白儿童的性质更明白。"儿女成行"只能证明他两口子的善于生，还会养，却并无妄谈儿童的权利。要谈，只不过不识羞。这好像是漫骂，然而并不是。倘说是的；就得承认世界上的儿童心理学家，都是最会生孩子的父母。

说儿童为了一点食物就会打起来，是冤枉儿童的，其实是漫骂。儿童的行为，出于天性，也因环境而改变，所以孔融会让梨。打起来的，是家庭的影响，便是成人，不也有争家私，夺遗产的吗？孩子学了样了。

漫骂固然冤屈了许多好人，但含含胡胡的扑灭"漫骂"，却包庇了一切坏种。

一月十七日。

本篇最初发表于一九三四年一月二十二日《申报·自由谈》。

女人未必多说谎 / 鲁迅

侍桁先生在《谈说谎》里，以为说谎的原因之一是由于弱，那举证的事实，是："因此为什么女人讲谎话要比男人来得多。"

那并不一定是谎话，可是也不一定是事实。我们确也常常从男人们的嘴里，听说是女人讲谎话要比男人多，不过却也并无实证，也没有统计。叔本华先生痛骂女人，他死后，从他的书籍里发见了医梅毒的药方；还有一位奥国的青年学者，我忘记了他的姓氏，做了一大本书，说女人和谎话是分不开的，然而他后来自杀了。我恐怕他自己正有神经病。

我想，与其说"女人讲谎话要比男人来得多"，不如说"女人被人指为'讲谎话要比男人来得多'的时候来得多"，但是，数目字的统计自然也没有。

譬如罢，关于杨妃，禄山之乱以后的文人就都撒着大谎，玄宗逍遥事外，倒说是许多坏事情都由她，敢说"不闻夏殷衰，中自诛褒妲"的有几个。就是妲己，褒姒，也还不是一样的事？女人的替自己和男人伏罪，真是太长远了。今年是"妇女国货年"，振兴国货，也从妇女始。不久，是就要挨骂的，因为国货也未必因此有起色，然而一提倡，一责骂，男人们的责任也尽了。

记得某男士有为某女士鸣不平的诗道："君王城上竖降旗，妾在深宫那得知？二十万人齐解甲，更无一个是男儿！"快哉快哉！

一月八日。

本篇最初发表于一九三四年一月十二日《申报·自由谈》。

辩论的
思考与逻辑

批评家的批评家 / 鲁迅

情势也转变得真快,去年以前,是批评家和非批评家都批评文学,自然,不满的居多,但说好的也有。去年以来,却变了文学家和非文学家都翻了一个身,转过来来批评批评家了。

这一回可是不大有人说好,最彻底的是不承认近来有真的批评家。即使承认,也大大的笑他们胡涂。为什么呢?因为他们往往用一个一定的圈子向作品上面套,合就好,不合就坏。

但是,我们曾经在文艺批评史上见过没有一定圈子的批评家吗?都有的,或者是美的圈,或者是真实的圈,或者是前进的圈。没有一定的圈子的批评家,那才是怪汉子呢。办杂志可以号称没有一定的圈子,而其实这正是圈子,是便于遮眼的变戏法的手巾。譬如一个编辑者是唯美主义者罢,他尽可以自说并无定见,单在书籍评论上,就足够玩把戏。倘是一种所谓"为艺术的艺术"的作品,合于自己的私意的,他就选登一篇赞成这种主义的批评,或读后感,捧着它上天;要不然,就用一篇假急进的好像非常革命的批评家的文章,捺它到地里去。读者这就被迷了眼。但在个人,如果还有一点记性,却不能这么两端的,他须有一定的圈子。我们不能责备他有圈子,我们只能批评他这圈子对不对。

然而批评家的批评家会引出张献忠考秀才的古典来:先在两柱之间横系一条绳子,叫应考的走过去,太高的杀,太矮的也杀,于是杀光了蜀中的英才。这么一比,有定见的批评家即等于张献忠,真可以使读者发生满心的憎恨。但是,评文的圈,就是量人的绳吗?论文的合不合,就是量人的长短吗?引出这例子来的,是诬陷,更不是什么批评。

一月十七日。

本篇最初发表于一九三四年一月二十一日《申报·自由谈》。

辩论的
思考与逻辑

难行和不信 / 鲁迅

中国的"愚民"——没有学问的下等人,向来就怕人注意他。如果你无端的问他多少年纪,什么意见,兄弟几个,家景如何,他总是支吾一通之后,躲了开去。有学识的大人物,很不高兴他们这样的脾气。然而这脾气总不容易改,因为他们也实在从经验而来的。

假如你被谁注意了,一不小心,至少就不免上一点小当,譬如罢,中国是改革过的了,孩子们当然早已从"孟宗哭竹""王祥卧冰"的教训里蜕出,然而不料又来了一个崭新的"儿童年",爱国之士,因此又想起了"小朋友",或者用笔,或者用舌,不怕劳苦的来给他们教训。一个说要用功,古时候曾有"囊萤照读""凿壁偷光"的志士;一个说要爱国,古时候曾有十几岁突围请援,十四

难行和不信

岁上阵杀敌的奇童。这些故事,作为闲谈来听听是不算很坏的,但万一有谁相信了,照办了,那就会成为乳臭未干的吉诃德。你想,每天要捉一袋照得见四号铅字的萤火虫,那岂是一件容易事?但这还只是不容易罢了,倘去凿壁,事情就更糟,无论在那里,至少是挨一顿骂之后,立刻由爸爸妈妈赔礼,雇人去修好。

请援,杀敌,更加是大事情,在外国,都是三四十岁的人们所做的。他们那里的儿童,着重的是吃,玩,认字,听些极普通,极紧要的常识。中国的儿童给大家特别看得起,那当然也很好,然而出来的题目就因此常常是难题,仍如飞剑一样,非上武当山寻师学道之后,决计没法办。到了二十世纪,古人空想中的潜水艇,飞行机,是实地上成功了,但《龙文鞭影》或《幼学琼林》里的模范故事,却还有些难学。我想,便是说教的人,恐怕自己也未必相信罢。

所以听的人也不相信。我们听了千多年的剑仙侠客,去年到武当山去的只有三个人,只占全人口的五百兆分之一,就可见。古时候也许还要多,现在是有了经验,不大相信了,于是照办的人也少了。——但这是我个人的推测。

不负责任的,不能照办的教训多,则相信的人少;利己损人的教训多,则相信的人更其少。"不相信"就是"愚民"的远害的堑壕，也是使他们成为散沙的毒素。然而有这脾气的也不但是"愚民"，虽是说教的士大夫，相信自己和别人的，现在也未必有多少。例如既尊孔子，又拜活佛者，也就是恰如将他的钱试买各种股票，分存许多银行一样，其实是那一面都不相信的。

七月一日。

　　本篇最初发表于一九三四年七月二十日《新语林》半月刊第二期。

论讽刺 / 鲁迅

我们常不免有一种先入之见,看见讽刺作品,就觉得这不是文学上的正路,因为我们先就以为讽刺并不是美德。但我们走到交际场中去,就往往可以看见这样的事实,是两位胖胖的先生,彼此弯腰拱手,满面油晃晃的正在开始他们的扳谈——

"贵姓?……"

"敝姓钱。"

"哦,久仰久仰!还没有请教台甫……"

"草字阔亭。"

"高雅高雅。贵处是……?"

"就是上海……"

"哦哦,那好极了,这真是……"

谁觉得奇怪呢？但若写在小说里，人们可就会另眼相看了，恐怕大概要被算作讽刺。有好些直写事实的作者，就这样的被蒙上了"讽刺家"——很难说是好是坏——的头衔。例如在中国，则《金瓶梅》写蔡御史的自谦和恭维西门庆道："恐我不如安石之才，而君有王右军之高致矣！"还有《儒林外史》写范举人因为守孝，连象牙筷也不肯用，但吃饭时，他却"在燕窝碗里拣了一个大虾圆子送在嘴里"，和这相似的情形是现在还可以遇见的；在外国，则如近来已被中国读者所注意了的果戈理的作品，他那《外套》（韦素园译，在《未名丛刊》中）里的大小官吏，《鼻子》（许遐译，在《译文》中）里的绅士，医生，闲人们之类的典型，是虽在中国的现在，也还可以遇见的。这分明是事实，而且是很广泛的事实，但我们皆谓之讽刺。

人大抵愿意有名，活的时候做自传，死了想有人分讣文，做行实，甚而至于还"宣付国史馆立传"。人也并不全不自知其丑，然而他不愿意改正，只希望随时消掉，不留痕迹，剩下的单是美点，如曾经施粥赈饥之类，却不是全般。"高雅高雅"，他其实何尝不知道有些肉麻，不过他又知道说过就完，"本传"里决不会有，于是也就放心的"高雅"下去。如果有人记了下来，不给它消灭，他可要不高兴了。于是乎挖空心思的来一个反攻，说这些乃是

"讽刺",向作者抹一脸泥,来掩藏自己的真相。但我们也每不免来不及思索,跟着说,"这些乃是讽刺呀!"上当真可是不浅得很。

同一例子的还有所谓"骂人"。假如你到四马路去,看见雉妓在拖住人,倘大声说:"野鸡在拉客",那就会被她骂你是"骂人"。骂人是恶德,于是你先就被判定在坏的一方面了;你坏,对方可就好。但事实呢,却的确是"野鸡在拉客",不过只可心里知道,说不得,在万不得已时,也只能说"姑娘勒浪做生意",恰如对于那些弯腰拱手之辈,做起文章来,是要改作"谦以待人,虚以接物"的。——这才不是骂人,这才不是讽刺。

其实,现在的所谓讽刺作品,大抵倒是写实。非写实决不能成为所谓"讽刺";非写实的讽刺,即使能有这样的东西,也不过是造谣和诬蔑而已。

三月十六日。

本篇最初发表于一九三五年四月《文学》月刊第四卷第四号"文学论坛"栏。

辩论的
思考与逻辑

无声的中国 / 鲁迅

——二月十六日在香港青年会讲

以我这样没有什么可听的无聊的讲演,又在这样大雨的时候,竟还有这许多来听的诸君,我首先应当声明我的郑重的感谢。

我现在所讲的题目是:《无声的中国》。

现在,浙江,陕西,都在打仗,那里的人民哭着呢还是笑着呢,我们不知道。香港似乎很太平,住在这里的中国人,舒服呢还是不很舒服呢,别人也不知道。

发表自己的思想,感情给大家知道的是要用文章的,然而拿文章来达意,现在一般的中国人还做不到。这也怪不得我们;因为那文字,先就是我们的祖先留传给我们的可怕的遗产。人们费了多年的工夫,还是难于运用。因为难,许多人便不理它了,甚至于连自己的姓也写不清是张还是章，或者简直不会写，或者说道：Chang。虽然能说话，而只有几个人听到，远处的人们便不知道，结果也等于无声。又因为难，有些人便当作宝贝，像玩把戏似的，之乎者也，只有几个人懂，——其实是不知道可真懂，而大多数的人们却不懂得，结果也等于无声。

文明人和野蛮人的分别，其一，是文明人有文字，能够把他们的思想，感情，籍此传给大众，传给将来。中国虽然有文字，现在却已经和大家不相干，用的是难懂的古文，讲的是陈旧的古意思，所有的声音，都是过去的，都就是只等于零的。所以，大家不能互相了解，正像一大盘散沙。

将文章当作古董，以不能使人认识，使人懂得为好，也许是有趣的事罢。但是，结果怎样呢？是我们已经不能将我们想说的话说出来。我们受了损害，受了侮辱，总是不能说出些应说的话。拿最近的事情来说，如中日战争，拳匪事件，民元革命这些大事件，一直到现在，我们可有一部像样的著作？民国以来，也还是谁也不作声。反而在外国，倒常有说起中国的，但那都不是中国人自己的声音，是别人的声音。

这不能说话的毛病，在明朝是还没有这样厉害的；他们还比较地能够说些要说的话。待到满洲人以异族侵入中国，讲历史的，尤其是讲宋末的事情的人被杀害了，讲时事的自然也被杀害了。所以，到乾隆年间，人民大家便更不敢用文章来说话了。所谓读书人，便只好躲起来读经，校刊古书，做些古时的文章，和当时毫无关系的文章。有些新意，也还是不行的；不是学韩，便是学苏。韩愈苏轼他们，用他们自己的文章来说当时要说的话，那当然可以的。我们却并非唐宋时人，怎么做和我们毫无关系的时候的文章呢。即使做得像，也是唐宋时代的声音，韩愈苏轼的声音，而不是我们现代的声音。然而直到现在，中国人却还耍着这样的旧戏法。人是有的，没有声音，寂寞得很。——人会没有声音的么？没有，可以说：是死了。倘要说得客气一点，那就是：已经哑了。

要恢复这多年无声的中国，是不容易的，正如命令一个死掉的人道："你活过来！"我虽然并不懂得宗教，但我以为正如想出现一个宗教上之所谓"奇迹"一样。

首先来尝试这工作的是"五四运动"前一年，胡适之先生所提倡的"文学革命"。"革命"这两个字，在这里不知道可害怕，有些地方是一听到就害怕的。但这和文学两字连起来的"革命"，却没有法国革命的"革命"那么可怕，不过是革新，改换一个字，就很平和了，我们就称为"文学革新"罢，中国文字上，这样的花样是很多的。那大意也并不可怕，不过说：我们不必再去费尽心机，学说古代的死人的话，要说现代的活人的话；不要将文章看作古董，要做容易懂得的白话的文章。然而，单是文学革新是不够的，因为腐败思想，能用古文做，也能用白话做。所以后来就有人提倡思想革新。思想革新的结果，是发生社会革新运动。这运动一发生，自然一面就发生反动，于是便酿成战斗……

但是，在中国，刚刚提起文学革新，就有反动了。不过白话文却渐渐风行起来，不大受阻碍。这是怎么一回事呢？就因为当时又有钱玄同先生提倡废止汉字，用罗马字母来替代。这本也不过是一种文字革新，很平常的，但被不喜欢改革的中国人听见，就大不得了了，于是便放过了比较的平和的文学革命，而竭力来骂钱玄同。白话乘了这一个机会，居然减去了许多敌人，反而没有阻碍，能够流行了。

中国人的性情是总喜欢调和，折中的。譬如你说，这屋子太暗，须在这里开一个窗，大家一定不允许的。但如果你主张拆掉屋顶，他们就会来调和，愿意开窗了。没有更激烈的主张，他们总连平和的改革也不肯行。那时白话文之得以通行，就因为有废掉中国字而用罗马字母的议论的缘故。

其实，文言和白话的优劣的讨论，本该早已过去了，但中国是总不肯早早解决的，到现在还有许多无谓的议论。例如，有的说：古文各省人都能懂，白话就各处不同，反而不能互相了解了。殊不知这只要教育普及和交通发达就好，那时就人人都能懂较为易解的白话文；至于古文，何尝各省人都能懂，便是一省里，也没有许多人懂得的。有的说：如果都用白话文，人们便不能看古书，中国的文化就灭亡了。其实呢，现在的人们大可以不必看古书，即使古书里真有好东西，也可以用白话来译出的，用不着那么心惊胆战。他们又有人说，外国尚且译中国书，足见其好，我们自己倒不看么？殊不知埃及的古书，外国人也译，非洲黑人的神话，外国人也译，他们别有用意，即使译出，也算不了怎样光荣的事的。

近来还有一种说法，是思想革新紧要，文字改革倒在其次，所以不如用浅显的文言来作新思想的文章，可以少招一重反对。这话似乎也有理。然而我们知道，连他长指甲都不肯剪去的人，是决不肯剪去他的辫子的。

因为我们说着古代的话，说着大家不明白，不听见的话，已经弄得像一盘散沙，痛痒不相关了。我们要活过来，首先就须由青年们不再说孔子孟子和韩愈柳宗元们的话。时代不同，情形也两样，孔子时代的香港不这样，孔子口调的"香港论"是无从做起的，"吁嗟阔哉香港也"，不过是笑话。

我们要说现代的，自己的话；用活着的白话，将自己的思想，感情直白地说出来。但是，这也要受前辈先生非笑的。他们说白话文卑鄙，没有价值；他们说年青人作品幼稚，贻笑大方。我们中国能做文言的有多少呢，其余的都只能说白话，难道这许多中国人，就都是卑鄙，没有价值的么？至于幼稚，尤其没有什么可羞，正如孩子对于老人,毫没有什么可羞一样。幼稚是会生长,会成熟的,只不要衰老,腐败,就好。倘说待到纯熟了才可以动手,那是虽是村妇也不至于这样蠢。她的孩子学走路,即使跌倒了,她决不至于叫孩子从此躺在床上,待到学会了走法再下地面来的。

青年们先可以将中国变成一个有声的中国。大胆地说话,勇敢地进行,忘掉了一切利害,推开了古人,将自己的真心的话发表出来。——真,自然是不容易的。譬如态度,就不容易真,讲演时候就不是我的真态度,因为我对朋友,孩子说话时候的态度是不这样的。——但总可以说些较真的话,发些较真的声音。只有真的声音,才能感动中国的人和世界的人;必须有了真的声音,才能和世界的人同在世界上生活。

我们试想现在没有声音的民族是那几种民族。我们可听到埃及人的声音?可听到安南,朝鲜的声音?印度除了泰戈尔,别的声音可还有?

我们此后实在只有两条路:一是抱着古文而死掉,一是舍掉古文而生存。

一九二七年二月,应香港青年会的邀请,鲁迅先生乘船由广州前往,向香港青年发表了这篇讲演。

辩论的
　　思考与逻辑

运命 / 鲁迅

有一天，我坐在内山书店里闲谈——我是常在内山书店去闲谈的，我的可怜的敌对的"文学家"，还曾经借此竭力给我一个"汉奸"的称号，可惜现在他们又不坚持了——才知道日本的丙午年生，今年二十九岁的女性，是一群十分不幸的人。大家相信丙午年生的女人要克夫，即使再嫁，也还要克，而且可以多至五六个，所以想结婚是很困难的。这自然是一种迷信，但日本社会上的迷信也还是真不少。

我问：可有方法解除这夙命呢？回答是：没有。

接着我就想到了中国。

许多外国的中国研究家，都说中国人是定命论者，命中注定，无可奈何；就是中国的论者，现在也有些人这样说。但据我所知道，中国女性就没有这样无法解除的命运。"命凶"或"命硬"，是有的，但总有法子想，就是所谓"禳解"；或者和不怕相克的命的男子结婚，制住她的"凶"或"硬"。假如有一种命，说是要连克五六个丈夫的罢，那就早有道士之类出场，自称知道妙法，用桃木刻成五六个男人，画上符咒，和这命的女人一同行"结俪之礼"后，烧掉或埋掉，于是真来订婚的丈夫，就算是第七个，毫无危险了。

中国人的确相信运命，但这运命是有方法转移的。所谓"没有法子"，有时也就是一种另想道路——转移运命的方法。等到确信这是"运命"，真真"没有法子"的时候，那是在事实上已经十足碰壁，或者恰要灭亡之际了。运命并不是中国人的事前的指导，乃是事后的一种不费心思的解释。

中国人自然有迷信，也有"信"，但好像很少"坚信"。我们先前最尊皇帝，但一面想玩弄他，也尊后妃，但一面又有些想吊她的膀子；畏神明，而又烧纸钱作贿赂，佩服豪杰，却不肯为他作牺牲。崇孔的名儒，一面拜佛，信甲的战士，明天信丁。宗教战争是向来没有的，从北魏到唐末的佛道二教的此仆彼起，是只靠几个人在皇帝耳朵边的甘言蜜语。风水，符咒，拜祷……偌大的"运命"，只要化一批钱或磕几个头，就改换得和注定的一笔大不相同了——就是并不注定。

我们的先哲，也有知道"定命"有这么的不定，是不足以定人心的，于是他说，这用种种方法之后所得的结果，就是真的"定命"，而且连必须用种种方法，也是命中注定的。但看起一般的人们来，却似乎并不这样想。

人而没有"坚信"，狐狐疑疑，也许并不是好事情，因为这也就是所谓"无特操"。但我以为信运命的中国人而又相信运命可以转移，却是值得乐观的。不过现在为止，是在用迷信来转移别的迷信，所以归根结蒂，并无不同，以后倘能用正当的道理和实行——科学来替换了这迷信，那么，定命论的思想，也就和中国人离开了。

假如真有这一日，则和尚，道士，巫师，星相家，风水先生……的宝座，就都让给了科学家，我们也不必整年的见神见鬼了。

十月二十三日。

本篇最初发表于一九三四年十一月二十日《太白》半月刊第一卷第五期。

名人和名言 / 鲁迅

《太白》二卷七期上有一篇南山先生的《保守文言的第三道策》，他举出：第一道是说"要做白话由于文言做不通"，第二道是说"要白话做好，先须文言弄通"。十年之后，才来了太炎先生的第三道，"他以为你们说文言难，白话更难。理由是现在的口头语，有许多是古语，非深通小学就不知道现在口头语的某音，就是古代的某音，不知道就是古代的某字，就要写错……"

太炎先生的话是极不错的。现在的口头语，并非一朝一夕，从天而降的语言，里面当然有许多是古语，既有古语，当然会有许多曾见于古书，如果做白话的人，要每字都到《说文解字》里去找本字，那的确比做任用借字的文言要难到不知多少倍。然而自从提倡白话以来，主张者却没有一个以为写白话的主旨，是在从"小学"里寻出本字来的,我们就用约定俗成的借字。诚然,如太炎先生说:"乍见熟人而相寒暄曰'好呀','呀'即'乎'字;应人之称曰'是唉','唉'即'也'字。"但我们即使知道了这两字,也不用"好乎"或"是也",还是用"好呀"或"是唉"。因为白话是写给现代的人们看,并非写给商周秦汉的鬼看的,起古人于地下,看了不懂,我们也毫不畏缩。所以太炎先生的第三道策,其实是文不对题的。这缘故,是因为先生把他所专长的小学,用得范围太广了。

我们的知识很有限,谁都愿意听听名人的指点,但这时就来了一个问题:听博识家的话好,还是听专门家的话好呢?解答似乎很容易:都好。自然都好;但我由历听了两家的种种指点以后,却觉得必须有相当的警戒。因为是:博识家的话多浅,专门家的话多悖的。

博识家的话多浅,意义自明,惟专门家的话多悖的事,还得加一点申说。他们的悖,未必悖在讲述他们的专门,是悖在倚专家之名,来论他所专门以外的事。社会上崇敬名人,于是以为名人的话就是名言,却忘记了他之所以得名是那一种学问或事业。名人被崇奉所诱惑,也忘记了自己之所以得名是那一种学问或事业,渐以为一切无不胜人,无所不谈,于是乎就悖起来了。其实,专门家除了他的专长之外，许多见识是往往不及博识家或常识者的。太炎先生是革命的先觉，小学的大师，倘谈文献，讲《说文》，当然娓娓可听，但一到攻击现在的白话，便牛头不对马嘴，即其一例。还有江亢虎博士，是先前以讲社会主义出名的名人，他的社会主义到底怎么样呢，我不知道。只是今年忘其所以，谈到小学，说"'德'之古字为'悳'，从'直'从'心'，'直'即直觉之意"，却真不知道悖到那里去了，他竟连那上半并不是曲直的直字这一点都不明白。这种解释，却须听太炎先生了。

不过在社会上，大概总以为名人的话就是名言，既是名人，也就无所不通，无所不晓。所以译一本欧洲史，就请英国话说得漂亮的名人校阅，编一本经济学，又乞古文做得好的名人题签；学界的名人绍介医生，说他"术擅岐黄"，商界的名人称赞画家，说他"精研六法"……

这也是一种现在的通病。德国的细胞病理学家维尔晓（Virchow），是医学界的泰斗，举国皆知的名人，在医学史上的位置，是极为重要的，然而他不相信进化论，他那被教徒所利用的几回讲演，据赫克尔（Haeckel）说，很给了大众不少坏影响。因为他学问很深，名甚大，于是自视甚高，以为他所不解的，此后也无人能解，又不深研进化论，便一口归功于上帝了。现在中国屡经绍介的法国昆虫学大家法布耳（Fabre），也颇有这倾向。他的著作还有两种缺点：一是嗤笑解剖学家，二是用人类道德于昆虫界。但倘无解剖，就不能有他那样精到的观察，因为观察的基础，也还是解剖学；农学者根据对于人类的利害，分昆虫为益虫和害虫，是有理可说的，但凭了当时的人类的道德和法律，定昆虫为善虫或坏虫，却是多余了。有些严正的科学者，对于法布耳的有微词，实也并非无故。但倘若对这两点先加警戒，那么，他的大著作《昆虫记》十卷，读起来也还是一部很有趣，也很有益的书。

不过名人的流毒，在中国却较为利害，这还是科举的余波。那时侯，儒生在私塾里揣摩高头讲章，和天下国家何涉，但一登第，真是"一举成名天下知"，他可以修史，可以衡文，可以临民，可以治河；到清朝之末，更可以办学校，开煤矿，练新军，造战舰，条陈新政，出洋考察了。成绩如何呢，不待我多说。

这病根至今还没有除，一成名人，便有"满天飞"之概。我想，自此以后，我们是应该将"名人的话"和"名言"分开来的，名人的话并不都是名言；许多名言，倒出自田夫野老之口。这也就是说，我们应该分别名人之所以名，是由于那一门，而对于他的专门以外的纵谈，却加以警戒。苏州的学子是聪明的，他们请太炎先生讲国学，却不请他讲簿记学或步兵操典，——可惜人们却又不肯想得更细一点了。

　　我很自歉这回时时涉及了太炎先生。但"智者千虑，必有一失"，这大约也无伤于先生的"日月之明"的。至于我的所说，可是我想，"愚者千虑，必有一得"，盖亦"悬诸日月而不刊"之论也。

　　　　　　　　　　　　　　七月一日。

　　本篇最初发表于一九三五年七月二十日《太白》半月刊第二卷第九期。

辩论的
思考与逻辑

夜颂 / 鲁迅

爱夜的人，也不但是孤独者，有闲者，不能战斗者，怕光明者。

人的言行，在白天和在深夜，在日下和在灯前，常常显得两样。夜是造化所织的幽玄的天衣，普覆一切人，使他们温暖，安心，不知不觉的自己渐渐脱去人造的面具和衣裳，赤条条地裹在这无边际的黑絮似的大块里。

虽然是夜，但也有明暗。有微明，有昏暗，有伸手不见掌，有漆黑一团糟。爱夜的人要有听夜的耳朵和看夜的眼睛，自在暗中，看一切暗。君子们从电灯下走入暗室中，伸开了他的懒腰；爱侣们从月光下走进树阴里，突变了他的眼色。夜的降临，抹杀了一切文人学士们当光天化日之下，写在耀眼的白纸上的超然，混然，恍然，勃然，粲然的文章，只剩下乞怜，讨好，撒谎，骗人，吹牛，捣鬼的夜气，形成一个灿烂的金色的光圈，像见于佛画上面似的,笼罩在学识不凡的头脑上。

爱夜的人于是领受了夜所给与的光明。

高跟鞋的摩登女郎在马路边的电光灯下,阁阁的走得很起劲,但鼻尖也闪烁着一点油汗,在证明她是初学的时髦,假如长在明晃晃的照耀中,将使她碰着"没落"的命运。一大排关着的店铺的昏暗助她一臂之力,使她放缓开足的马力,吐一口气,这时才觉得沁人心脾的夜里的拂拂的凉风。

爱夜的人和摩登女郎,于是同时领受了夜所给与的恩惠。

一夜已尽,人们又小心翼翼的起来,出来了;便是夫妇们,面目和五六点钟之前也何其两样。从此就是热闹,喧嚣。而高墙后面,大厦中间,深闺里,黑狱里,客室里,秘密机关里,却依然弥漫着惊人的真的大黑暗。

现在的光天化日,熙来攘往,就是这黑暗的装饰,是人肉酱缸上的金盖,是鬼脸上的雪花膏。只有夜还算是诚实的。我爱夜,在夜间作《夜颂》。

六月八日。

本篇最初发表于一九三三年六月十日《申报·自由谈》。

辩论的
思考与逻辑

玩笑只当它玩笑（上）/ 鲁迅

不料刘半农先生竟忽然病故了，学术界上又短少了一个人。这是应该惋惜的。但我于音韵学一无所知，毁誉两面，都不配说一句话。我因此记起的是别一件事，是在现在的白话将被"扬弃"或"唾弃"之前，他早是一位对于那时的白话，尤其是欧化式的白话的伟大的"迎头痛击"者。

他曾经有过极不费力，但极有力的妙文：

"我现在只举一个简单的例：

子曰：'学而时习之，不亦悦乎？'这太老式了，不好！

'学而时习之，'子曰，'不亦悦乎？'

这好！

'学而时习之，不亦悦乎？'子曰。

这更好！为什么好？欧化了。但'子曰'终没有能欧化到'曰子'！"

这段话见于《中国文法通论》中，那书是一本正经的书；作者又是《新青年》的同人，五四时代"文学革命"的战士，现在又成了古人了。中国老例，一死是常常能够增价的，所以我想从新提起，并且提出他终于也是《论语》社的同人，有时不免发些"幽默"；原先也有"幽默"，而这些"幽默"，又不免常常掉到"开玩笑"的阴沟里去的。

实例也就是上面所引的文章，其实是，那论法，和顽固先生，市井无赖，看见青年穿洋服，学外国话了，便冷笑道："可惜鼻子还低，脸孔也不白"的那些话，并没有两样的。

自然，刘先生所反对的是"太欧化"。但"太"的范围是怎样的呢？他举出的前三法，古文上没有，谈话里却能有的，对人口谈，也都可以懂。只有将"子曰"改成"曰子"是决不能懂的了。然而他在他所反对的欧化文中也寻不出实例来，只好说是"'子曰'终没有能欧化到'曰子'！"那么，这不是"无的放矢"吗？

欧化文法的侵入中国白话中的大原因，并非因为好奇，乃是为了必要。国粹学家痛恨鬼子气，但他住在租界里，便会写些"霞飞路""麦特赫司脱路"那样的怪地名；评论者何尝要好奇，但他要说得精密，固有的白话不够用，便只得采些外国的句法。比较的难懂，不像茶淘饭似的可以一口吞下去是真的，但补这缺点的是精密。胡适先生登在《新青年》上的《易卜生主义》，比起近时的有些文艺论文来，的确容易懂，但我们不觉得它却又粗浅，笼统吗？

如果嘲笑欧化式白话的人，除嘲笑之外，再去试一试绍介外国的精密的论著，又不随意改变，删削，我想，他一定还能够给我们更好的箴规。

用玩笑来应付敌人，自然也是一种好战法，但触着之处，须是对手的致命伤，否则，玩笑终不过是一种单单的玩笑而已。

七月十八日。

文公直给康伯度的信

伯度先生：今天读到先生在《自由谈》刊布的大作，知道为西人侵略张目的急先锋（汉奸）仍多，先生以为欧式文化的风行，原因是"必要"。这我真不知是从那里说起？中国人虽无用，但是话总是会说的。如果一定要把中国话取消，要乡下人也"密司忒"起来，这不见得是中国文化上的"必要"吧。譬如照华人的言语说：张甲说："今天下雨了。"李乙说："是的，天凉了。"若照尊论的主张，就应该改做："今天下雨了。"张甲说。"天凉了，——是的。"李乙说。这个算得是中华民国全族的"必要"吗？一般翻译大家的欧化文笔，已足阻尽中西文化的通路，使能读原文的人也不懂译文。再加上先生的"必要"，从此使中国更无可读的西书了。陈子展先生提倡的"大众语"，是天经地义的。

中国人间应该说中国话，总是绝对的。而先生偏要说欧化文法是必要！毋怪大名是"康伯度"，真十足加二的表现"买办心理"了。刘半农先生说："翻译是要使不懂外国文的人得读"；这是确切不移的定理。而先生大骂其半农，认为非使全中国人都以欧化文法为"必要"的性命不可！先生，现在暑天，你歇歇吧！帝国主义的灭绝华人的毒气弹，已经制成无数了。先生要做买办尽管做，只求不必将全个民族出卖。我是一个不懂颠倒式的欧化文式的愚人！对于先生的盛意提倡，几乎疑惑先生已不是敝国人了。今特负责请问先生为甚么投这文化的毒瓦斯？是否受了帝国主义者的指使？总之，四万万四千九百万（陈先生以外）以内的中国人对于先生的主张不敢领教的！幸先生注意。

　　　　　　　　　　　　　　文公直　七月二十五日。

　　　　　　　　　　　　　八月七日《申报》《自由谈》。

康伯度答文公直

公直先生：中国语法里要加一点欧化，是我的一种主张，并不是"一定要把中国话取消"，也没有"受了帝国主义者的指使"，可是先生立刻加给我"汉奸"之类的重罪名，自己代表了"四万万四千九百万（陈先生以外）以内的中国人"，要杀我的头了。我的主张也许会错的，不过一来就判死罪，方法虽然很时髦，但也似乎过分了一点。况且我看"四万万四千九百万（陈先生以外）以内的中国人"，意见也未必都和先生相同，先生并没有征求过同意，你是冒充代表的。

中国语法的欧化并不就是改学外国话，但这些粗浅的道理不想和先生多谈了。我不怕热，倒是因为无聊。不过还要说一回：我主张中国语法上有加些欧化的必要。这主张，是由事实而来的。中国人"话总是会说的"，一点不错，但要前进，全照老样却不够。眼前的例，就如先生这几百个字的信里面，就用了两回"对于"，这和古文无关，是后来起于直译的欧化语法，而且连"欧化"这两个字也是欧化字；还用着一个"取消"，这是纯粹日本词；一个"瓦斯"，是德国字的原封不动的日本人的音译。都用得很惬当，而且是"必要"的。譬如"毒瓦斯"罢，倘用中国固有的话的"毒气"，就显得含混，未必一定是毒弹里面的东西了。所以写作"毒瓦斯"，的确是出乎"必要"的。

先生自己没有照镜子，无意中也证明了自己也正是用欧化语法，用鬼子名词的人，但我看先生决不是"为西人侵略张目的急先锋（汉奸）"，所以也想由此证明我也并非那一伙。否则，先生含狗血喷人，倒先污了你自己的尊口了。

我想，辩论事情，威吓和诬陷，是没有用处的。用笔的人，一来就发你的脾气，要我的性命，更其可笑得很。先生还是不要暴躁，静静的再看看自己的信，想想自己，何如？

专此布复，并请
热安。

　　　　　　　　　　　　弟康伯度脱帽鞠躬。八月五日。
　　　　　　　　　　　　八月七日《申报》《自由谈》。

本篇最初发表于一九三四年七月二十五日《申报·自由谈》，原署名康伯度。

无花的蔷薇 / 鲁迅

1

又是Schopenhauer先生的话——

"无刺的蔷薇是没有的。——然而没有蔷薇的刺却很多。"

题目改变了一点,较为好看了。

"无花的蔷薇"也还是爱好看。

2

去年,不知怎的这位㕷本华尔先生忽然合于我们国度里的绅士们的脾胃了,便拉扯了他的一点《女人论》;我也就夹七夹八地来称引了好几回,可惜都是刺,失了蔷薇,实在大煞风景,对不起绅士们。

记得幼小时候看过一出戏,名目忘却了,一家正在结婚,而勾魂的无常鬼已到,夹在婚仪中间,一同拜堂,一同进房,一同坐床……实在大煞风景,我希望我还不至于这样。

3

有人说我是"放冷箭者"。

我对于"放冷箭"的解释,颇有些和他们一流不同,是说有人受伤,而不知这箭从什么地方射出。所谓"流言"者,庶几近之。但是我,却明明站在这里。

但是我,有时虽射而不说明靶子是谁,这是因为初无"与众共弃"之心,只要该靶子独自知道,知道有了洞,再不要面皮鼓得急绷绷,我的事就完了。

4

蔡子民先生一到上海,《晨报》就据国闻社电报郑重地发表他的谈话,而且加以按语,以为"当为历年潜心研究与冷眼观察之结果,大足诏示国人,且为知识阶级所注意也。"

我很疑心那是胡适之先生的谈话,国闻社的电码有些错误了。

5

豫言者,即先觉,每为故国所不容,也每受同时人的迫害,大人物也时常这样。他要得人们的恭维赞叹时,必须死掉,或者沉默,或者不在面前。

总而言之,第一要难于质证。

如果孔丘,释迦,耶稣基督还活着,那些教徒难免要恐慌。对于他们的行为,真不知道教主先生要怎样慨叹。

所以,如果活着,只得迫害他。

待到伟大的人物成为化石,人们都称他伟人时,他已经变了傀儡了。

有一流人之所谓伟大与渺小,是指他可给自己利用的效果的大小而言。

6

法国罗曼罗兰先生今年满六十岁了。晨报社为此征文,徐志摩先生于介绍之余,发感慨道:"……但如其有人拿一些时行的口号,什么打倒帝国主义等等,或是分裂与猜忌的现象,去报告罗兰先生说这是新中国,我再也不能预料他的感想了。"(《晨副》一二九九)

他住得远,我们一时无从质证,莫非从"诗哲"的眼光看来,罗兰先生的意思,是以为新中国应该欢迎帝国主义的么?

"诗哲"又到西湖看梅花去了,一时也无从质证。不知孤山的古梅,著花也未,可也在那里反对中国人"打倒帝国主义"?

7

志摩先生曰:"我很少夸奖人的。但西滢就他学法郎士的文章说,我敢说,已经当得起一句天津话:'有根'了。"而且"像西滢这样,在我看来,才当得起'学者'的名词。"(《晨副》一四二三)

西滢教授曰:"中国的新文学运动,方在萌芽,可是稍有贡献的人,如胡适之,徐志摩,郭沫若,郁达夫,丁西林,周氏兄弟等等都是曾经研究过他国文学的人。尤其是志摩他非但在思想方面,就是在体制方面,他的诗及散文,都已经有一种中国文学里从来不曾有过的风格。"(《现代》六三)

虽然抄得麻烦,但中国现今"有根"的"学者"和"尤其"的思想家及文人,总算已经互相选出了。

8

志摩先生曰:"鲁迅先生的作品,说来大不敬得很,我拜读过很少,就只《呐喊》集里两三篇小说,以及新近因为有人尊他是中国的尼采他的《热风》集里的几页。他平常零星的东西,我即使看也等于白看,没有看进去或是没有看懂。"(《晨副》一四三三)

西滢教授曰:"鲁迅先生一下笔就构陷人家的罪状……可是他的文章,我看过了就放进了应该去的地方——说句体己话,我觉得它们就不应该从那里出来——手边却没有。"(同上)

虽然抄得麻烦,但我总算已经被中国现在"有根"的"学者"和"尤其"的思想家及文人协力踏倒了。

9

但我愿奉还"曾经研究过他国文学"的荣名。"周氏兄弟"之一,一定又是我了。我何尝研究过什么呢,做学生时候看几本外国小说和文人传记,就能算"研究过他国文学"么?

该教授——恕我打一句"官话"——说过,我笑别人称他们为

"文士",而不笑"某报天天鼓吹"我是"思想界的权威者"。现在不了,不但笑,简直唾弃它。

10

其实呢,被毁则报,被誉则默,正是人情之常。谁能说人的左颊既受爱人接吻而不作一声,就得援此为例,必须默默地将右颊给仇人咬一口呢?

我这回的竟不要那些西滢教授所颁赏陪衬的荣名,"说句体己话"罢,实在是不得已。我的同乡不是有"刑名师爷"的么?他们都知道,有些东西,为要显示他伤害你的时候的公正,在不相干的地方就称赞你几句,似乎有赏有罚,使别人看去,很像无私……

"带住!"又要"构陷人家的罪状"了。只是这一点,就已经够使人"即使看也等于白看",或者"看过了就放进了应该去的地方"了。

二月二十七日。

本篇最初发表于一九二六年三月八日《语丝》周刊第六十九期。

不负责任的坦克车 / 鲁迅

新近报上说,江西人第一次看了坦克车。自然,江西人的眼福很好。然而也有人惴惴然,唯恐又要掏腰包,报效坦克捐。我倒记起了另外一件事:有一个自称姓"张"的说过,"我是拥护言论不自由者……唯其言论不自由,才有好文章做出来,所谓冷嘲,讽刺,幽默和其他形形色色,不敢负言论责任的文体,在压迫钳制之下,都应运产生出来了。"这所谓不负责任的文体,不知道比坦克车怎样?

讽刺等类为什么是不负责任,我可不知道。然而听人议论"风凉话"怎么不行,"冷箭"怎么射死了天才,倒也多年了。既然多年,似乎就很有道理。大致是骂人不敢充好汉,胆小。其实,躲在厚厚的铁板——坦克车里面,砰砰碰碰的轰炸,是着实痛快得多,虽然也似乎并不胆大。

高等人向来就善于躲在厚厚的东西后面来杀人的。古时候有厚厚的城墙，为的要防备盗匪和流寇。现在就有钢马甲，铁甲车，坦克车。就是保障"民国"和私产的法律，也总是厚厚的一大本。甚至于自天子以至卿大夫的棺材，也比庶民的要厚些。至于脸皮的厚，也是合于古礼的。

独有下等人要这么自卫一下，就要受到"不负责任"等类的嘲笑：

"你敢出来！出来！躲在背后说风凉话不算好汉！"

但是，如果你上了他的当，真的赤膊奔上前阵，像许褚似的充好汉，那他那边立刻就会给你一枪，老实不客气，然后，再学着金圣叹批《三国演义》的笔法，骂一声"谁叫你赤膊的"——活该。总之，死活都有罪。足见做人实在很难，而做坦克车要容易得多。

五月六日。

本篇最初发表于一九三三年五月九日《申报·自由谈》。

革命文学 / 鲁迅

今年在南方,听得大家叫"革命",正如去年在北方,听得大家叫"讨赤"的一样盛大。

而这"革命"还侵入文艺界里了。

最近,广州的日报上还有一篇文章指示我们,叫我们应该以四位革命文学家为师法:意大利的唐南遮,德国的霍普德曼,西班牙的伊本纳兹,中国的吴稚晖。

两位帝国主义者,一位本国政府的叛徒,一位国民党救护的发起者,都应该作为革命文学的师法,于是革命文学便莫名其妙了,因为这实在是至难之业。

于是不得已,世间往往误以两种文学为革命文学:一是在一方的指挥刀的掩护之下,斥骂他的敌手的;一是纸面上写着许多

"打,打""杀,杀"或"血,血"的。

如果这是"革命文学",则做"革命文学家",实在是最痛快而安全的事。

从指挥刀下骂出去,从裁判席上骂下去,从官营的报上骂开去,真是伟哉一世之雄,妙在被骂者不敢开口。而又有人说,这不敢开口,又何其怯也?对手无"杀身成仁"之勇,是第二条罪状,斯愈足以显革命文学家之英雄。所可惜者只在这文学并非对于强暴者的革命,而是对于失败者的革命。

唐朝人早就知道,穷措大想做富贵诗,多用些"金""玉""锦""绮"字面,自以为豪华,而不知适见其寒蠢。真会写富贵景象的,有道:"笙歌归院落,灯火下楼台",全不用那些字。"打,打""杀,杀",听去诚然是英勇的,但不过是一面鼓。即使是鼖鼓,倘若前面无敌军,后面无我军,终于不过是一面鼓而已。

我以为根本问题是在作者可是一个"革命人",倘是的,则无论写的是什么事件,用的是什么材料,即都是"革命文学"。从喷泉里出来的都是水,从血管里出来的都是血。"赋得革命,五言八韵",是只能骗骗盲试官的。

但"革命人"就希有。俄国十月革命时,确曾有许多文人愿为革命尽力。但事实的狂风,终于转得他们手足无措。显明的例是诗人叶遂宁的自杀,还有小说家梭波里,他最后的话是:"活不下去了!"

在革命时代有大叫"活不下去了"的勇气,才可以做革命文学。

叶遂宁和梭波里终于不是革命文学家。为什么呢,因为俄国是实在在革命。革命文学家风起云涌的所在,其实是并没有革命的。

本篇最初发表于一九二七年十月二十一日上海《民众旬刊》第五期。

辩论的
思考与逻辑

外国也有 / 鲁迅

凡中国所有的,外国也都有。

外国人说中国多臭虫,但西洋也有臭虫;日本人笑中国人好弄文字,但日本人也一样的弄文字。不抵抗的有甘地;禁打外人的有希特拉;狄昆希吸鸦片;陀思妥夫斯基赌得发昏。斯惠夫德带枷,马克斯反动。林白大佐的儿子,就给绑匪绑去了。而裹脚和高跟鞋,相差也不见得有多么远。

只有外国人说我们不问公益,只知自利,爱金钱,却还是没法辩解。民国以来,有过许多总统和阔官了,下野之后,都是面团团的,或赋诗,或看戏,或念佛,吃着不尽,真也好像给批评者以证据。不料今天却被我发见了:外国也有的!

"十七日哈伐那电——避居加拿大之古巴前总统麦查度……在古巴之产业,计值八百万美元,凡能对渠担保收回此项财产者,无论何人，渠愿与以援助。又一消息，谓古巴政府已对麦及其旧僚属三十八人下逮捕令，并扣押渠等之财产，其数达二千五百万美元……"

以三十八人之多，而财产一共只有这区区二千五百万美元，手段虽不能谓之高，但有些近乎发财却总是确凿的，这已足为我们的"上峰"雪耻。不过我还希望他们在外国买有地皮，在外国银行里另有存款，那么，我们和外人折冲樽俎的时候，就更加振振有辞了。

假使世界上只有一家有臭虫，而遭别人指摘的时候，实在也不大舒服的，但捉起来却也真费事。况且北京有一种学说，说臭虫是捉不得的，越捉越多。即使捉尽了，又有什么价值呢，不过是一种消极的办法。最好还是希望别家也有臭虫，而竟发见了就更好。发见，这是积极的事业。哥仑布与爱迪生，也不过有了发见或发明而已。

与其劳心劳力，不如玩跳舞，喝咖啡。外国也有的，巴黎就有许多跳舞场和咖啡店。

即使连中国都不见了，也何必大惊小怪呢，君不闻迦勒底与马基顿乎？——外国也有的！

十月十九日。

本篇最初发表于一九三三年十月二十三日《申报·自由谈》。

论幽默（节选） /林语堂

中篇

因为正统文学不容幽默，所以中国人对于幽默之本质及其作用没有了解。常人对于幽默滑稽，总是取鄙夷态度，道学先生甚至取嫉忌或恐惧态度，以为幽默之风一行，生活必失其严肃而道统必为诡辩所倾覆了。这正如道学先生视女子为危险品，而对于性在人生之用处没有了解，或是如彼辈视小说为稗官小道，而对于想象文学也没有了解。其实幽默为人生之一部分，我已屡言之，道学家能将幽默摒弃于他们的碑铭墓志奏表之外，却不能将幽默摒弃于人生之外。人生是永远充满幽默的，犹如人生是永远充满悲惨、性欲与想象的。即使是在儒者之生活中，做出文章尽管道学，与熟友闲谈

论幽默（节选）

时，何尝不是常有俳谑言笑？所差的，不过在文章上，少了幽默之滋润而已。试将朱熹所著《名臣言行录》一翻，便可见文人所不敢笔之于书，却时时出之于口而极富幽默味道。试举一二事为例：

（赵普条）太祖欲使符彦卿典兵，韩王屡谏，以为彦卿名位已盛，不可复委以兵柄。上不听。宣已出，韩王复怀之请见。上曰：卿苦疑彦卿何也？朕待彦卿至厚，彦卿能负朕耶？王曰：陛下何以能负周世宗？上默然，遂中止。

此是洞达人情之上乘幽默。

昭宪太后聪明有智度，尝与太祖参决大政。及疾笃，太祖侍药饵，不离左右。太后曰：汝知所以得天下乎？上曰：此皆祖考与太后之余庆也。太后笑曰：不然，正繇柴氏使幼儿主天下耳。

太祖所言，全是道学话，粉饰话。太后却能将太祖建朝之功抹杀，而谓系柴氏主幼不幸所造成。这话及这种见解，正像萧伯纳令拿破仑自述某役之大捷，全系其马偶然寻到摆渡之功，岂非揭穿真相之上乘幽默？

辩论的
　　思考与逻辑

关于幽默之解释，有哲学家亚里斯多得，柏拉图，康德，哈勃斯（Hobbes），伯格森，弗劳特诸人之分析。伯格森所论，不得要领，弗劳特太专门。我所最喜爱的，还是英小说家麦烈蒂斯在《喜剧论》中的一篇讨论。他描写俳调之神一段，极难翻译，兹勉强粗略译出如下：

假使你相信文化是基于明理，你就在静观人类之时，窥见在上有一种神灵，耿耿的鉴察一切……他有圣贤的头额，嘴唇从容不紧不松的半开着，两个唇边，藏着林神的谐谑。那像弓形的称心享乐的微笑，在古时是林神响亮的狂笑，扑地叫眉毛倒竖起来。那个笑声会再来的，但是这回已属于莞尔微笑一类的，是和缓恰当的，所表示的是心灵的光辉与智慧的丰富，而不是胡卢笑闹。常时的态度，是一种闲逸的观察，好像饱观一场，等着择肥而噬，而心里却不着急。人类之将来，不是他所注意的；他所注意是人类目前之老实与形样之整齐。无论何时人类失了体态，夸张，矫揉，自大，放诞，虚伪，炫饰，纤弱过甚；无论何时何地他看见人类懵懂自欺，淫侈奢欲，崇拜偶像，作出荒谬事情，眼光如豆的经营，如痴如狂的计较；无论何时人类言行不符，或倨傲不逊，屈人扬己，或执迷不悟，强词夺理，或夜郎自大，惺惺作态，无论是个人或是团体；这在上之神就出温柔的谑意，斜觑他们，跟着是一阵如明珠落玉盘的笑声。这就是俳调之神（The comic spirit）。

这种笑声是和缓温柔的，是出于心灵的妙悟。讪笑嘲谑，是自私，而幽默却是同情的，所以幽默与谩骂不同。因为谩骂自身就欠理智的妙悟，对自身就没有反省的能力。幽默的情境是深远超脱，所以不会怒，只会笑。而且幽默是基于明理，基于道理之参透。麦烈蒂斯说得好，能见到这俳调之神，使人有同情共感之乐。谩骂者，其情急，其辞烈，惟恐旁观者之不与同情。幽默家知道世上明理的人自然会与之同感，所以用不着热烈的谩骂讽刺，多伤气力，所以也不急急打倒对方。因为你所笑的是对方的愚鲁，只消指出其愚鲁便罢。明理的人，总会站在你的一面。所以是不知幽默的人，才需要谩骂。

麦烈蒂斯还有很好的关于幽默嘲讽的分辨：

假使你能够在你所爱的人身上见出荒唐可笑的地方而不因此减少你对他们的爱，就算是有俳调的鉴察力；假使你能够想象爱你的人也看出你可笑的地方而承受这项的矫正，这更显明你有这种鉴察力。

假使你看到这种可笑，而觉得有点冷酷，有伤忠厚，你便是落了嘲讽（Satire）的圈套中。

但是设使你不拿起嘲讽的棍子，打得他翻滚叫喊出来，却只是话中带刺的一半褒扬他，使他自己苦得不知人家是否在伤毁他，你便是用揶揄（Irony）的方法。

假使你只向他四方八面的奚落，把他推在地上翻滚，敲他一下，淌一点眼泪于他身上，而承认你就是同他一样，也就是同旁人一样，对他毫不客气地攻击，而于暴露之中，含有怜惜之意，你便是得了幽默（Humour）之精神。

麦烈蒂斯所论幽默之本质已经很透辟了。我尚有补充几句，就是关于中国人对于幽默的误会。中国道统之势力真大，使一般人认为幽默是俏皮讽刺，因为即使说笑话之时，亦必关心世道，讽刺时事，然后可成为文章。其实幽默与讽刺极近，却不定以讽刺为目的。讽刺每趋于酸腐，去其酸辣而达到冲淡心境，便成幽默。欲求幽默，必先有深远之心境，而带一点我佛慈悲之念头，然后文章火气不太盛，读者得淡然之味。幽默只是一位冷静超远的旁观者，常于笑中带泪，泪中带笑。其文清淡自然，不似滑稽之炫奇斗胜，亦不似郁剔之出于机警巧辩。幽默的文章在婉约豪放之间得其自然，不加矫饰，使你于一段之中，指不出那一句使你发笑，只是读下去心灵启悟，胸怀舒适而已。其缘由乃因幽默是出于自然，机警是出于人工。幽默是客观的，机警是主观的。幽默是冲淡的，郁剔讽刺是尖利的。世事看穿，心有所喜悦，用轻快笔调写出，无所挂碍，不作烂调，不忸怩作道学丑态，不求士大夫之喜誉，不博庸人之欢心，自然幽默。

辩论的
　　思考与逻辑

我的信仰 / 林语堂

我素不爱好哲学上无聊的理论、哲学名词，如柏拉图的"意象"，斯宾诺沙的"本质""本体""属性"，康德的"无上命令"等等，总使我怀疑哲学的念头已经转到牛角尖里去了。一旦哲学理论的体系过分动听，逻辑方面过分引人入胜时，我就难免心头狐疑。自满自足，逻辑得有点呆气的哲学体系，如黑格尔的历史哲学，卡尔文的人性堕落说，仅引起我一笑而已。等而下之，政治上的主义，如流行的法西斯主义与共产主义，那简直是胡闹了。不过这二者之间，共产主义还较能引起我的尊重，因它在理想方面毕竟是以博爱平民为主旨；至于法西斯主义则根本上就瞧不起平民。二者都是西方唯智论的产物，在我看来似都缺少自制克己的精神。

科学研讨分析生命上细微琐碎之事，我颇有耐心；只是对于剖

我的信仰

析过细的哲学理论,则殊觉厌烦。虽然,不论科学、宗教、或哲学,若以简单的文字出之,却都能使我入迷。其实说得浅近点,科学无非是对于生命的好奇心,宗教是对于生命的崇敬心,文学是对于生命的叹赏,艺术是对于生命的欣赏;根据个人对于宇宙之了解所生的对于人生之态度,是谓哲学。我初入大学时,不知何者为文科,何者曰理科,然总得二者之中择其一,是诚憾事也。我虽选文科,然总觉此或是一种错误。我素嗜科学,故同时留意科学的探究以补救我的缺失。如果科学为对于生命与宇宙之好奇感的话不谬,则我也可说是个科学家。同时,我秉心虔敬,故所谓"宗教"常使我内心大感。我虽为牧师之子,然此殊不能完全解释我的态度也。

我以普通受过教育之人的资格,对于生命,对于生活,对于社会、宇宙及造物,曾想采取一个和谐而一贯的态度。我虽天性不信任哲学的理论体系,然此非谓对于人生——如金钱、结婚、成功、家庭、爱国、政治等——就不能有和谐而一贯的态度。我却以为知道毫无破绽的哲学体系之不足凭信,反而使采取较为近情、一贯而和谐的人生观较为简易。

我深知科学也有它的限度,然我崇拜科学,我老是让科学家去小心地兢兢业业地工作着,我深信他是诚实可靠的。我让他去为我寻求发现物质的宇宙，那个我所切望知道的物质的宇宙。但一旦尽量取得科学家对于物质的宇宙的知识后，我记住人总比科学家伟大，科学家是不能告诉我们一切的，他并不能告诉我们最重要的事物，他不能告诉我们使人快乐的事物。我还得依赖"良知"（bonsens），那个似乎还值得复活的十八世纪的名词。叫它"良知"也好，叫它常识也好，叫它直觉或触机也好，其实它只是一种真诚的由衷的，半幽默半狂妄，带点理想色彩而又有些无聊然却有趣的思维。先让想像力略为放肆着，然后再加以冷嘲，正如风筝与其线那样。一部人类历史恰如放风筝：有时风太急了，就把绳收得短些；有时它被树枝绊住了，只是风筝青云直上，抵达愉快的太空——啊，恐不能这么尽如人意吧。

自有伽利略以来，科学之影响如此其广且深，吾人无有不受其影响者。近代人类对于造物、宇宙，对物质的基础性质及构造，关于人类的创造及其过去的历史，关于人的善与恶，关于灵魂不灭，关于罪恶，惩罚，上帝的赏罚，以及关于人类动物的关系等等的观念，自有伽利略以来，都经过莫大的变动了。大体上我可说：在我们的脑筋里上帝是愈来愈伟大，人是变得愈渺小；而人的躯壳即变得愈纯洁，灵魂不灭的观念却亦愈模糊了。因此与信仰宗教有关的重要概念，如上帝、人类、罪恶及永生（或得救）均得重新加以检讨。

我情不自禁地寻求科学知识之进步怎样予宗教的繁文缛节以打击，并非我不虔敬，倒是因为我对于宗教非常感兴趣。虽则基督之山上垂训，与乎道德境界及高洁生活的优美，仍然深入人心，然我们必须大胆承认宗教的工具——宗教所赖以活动的观念，如罪恶、地狱等——却已为科学摧残无余了。我想真正想象地狱的，在今日大学生中恐百不得一，或简直千不得一罢。这些基本的观念既已大大地变更了，则宗教本身，至少在教会，当然是难免要受影响的了。

方才我说上帝在我们脑中比前来得巨大而人却变得渺小，我意指物质方面而言。因为上帝既然充其量只能与宇宙同其广大，而现代天文学告诉我们的物质的宇宙愈来愈广阔无际，我们自然心头起恍惚畏惧之感。宗教与夫以人类为中心的种种信念的最大敌人是二百英寸的望远镜。数星期前我读纽约报纸的记载，说是有一位天文学家新近发现一簇离地球有二十五万光年的星群，那时我顿觉往昔对于人类在天地间所处之地位观念未免太可笑了。这些事物对于我们的信念，其影响不能谓为不大。许久以前我就觉得我在造物宇宙的心目中是何等渺小卑微，而灭亡、惩罚、赎罪等办法何等乖谬狂妄了。上帝以人有缺点而加以惩治，正如人类制定法规，以惩治虫蛆蚂蚁，或使其悔改赎罪，同样荒谬无据。

善恶报应，以及代人赎罪之价值与必要等观念，皆因科学与近代知识之进步而变更了。理想化的至善与罪恶之对立观念已不足信了。知道人由下等动物进化而来并承受动物之本能，则觉向来人性善恶之争颇属无谓。吾人之不能责人类有情欲，正如吾人不能责海狸有情欲一样。因此基督教基础的关于肉欲之罪恶的神秘思想显然失其意义了。所以那中古的、僧侣的、与夫宗教所特有的对于身躯及物质生活的态度，均归消灭了，取而代之是一种较为健全合理的对于人及尘世一切的看法。谓上帝因人类有缺点或因正在进化的半途中尚未达至善之境而恼怒，是诚无聊的话耳。

宗教最使我不满的一端便是它的看重罪恶。我并不自知罪孽深重，更不觉我有何为天所不容之处。多数人如能平心静气，亦必已与我抱同一之见解。我虽非圣贤，做人倒也相当规矩。在法律方面，我是完美无疵的；至于在道德方面则不能十全十美。但是我道德上之缺点，如间或有之的说说谎与撒撒烂污之类，给他算个总账，叫我妈妈去审判，充其量，她也只能定我三年有期徒刑而已，绝不会说是判我投入阎王那里的油锅的。这不是吹牛，我朋友中间该受五年有期徒刑的也委实很少。如果我能见妈妈于地下而无愧，则在上帝面前我有何惧哉！我母亲不能罚我入地狱里的油锅，这是我所深知的。我深信上帝必也同样近情与明鉴。

基督教教义的另一端是至善的观念。所谓至善，便是伊甸乐园里的人的境界；亦即是将来天国里的境界。干么至善呢？我委实不懂。所谓至善，实也不是爱美的本能所产生的。至善之观念，即为耶稣降生后数百年中小亚细亚的那种逻辑的产物，其意乃谓我们欲与上帝为伴，既想与上帝为伴而进天国，则非做到至善的地步不可。故只是想进天国至乐之境一念之产物，并无逻辑之根据，纯是一种神秘思想而已。我诚疑基督徒如不许以天国，不知还愿做一个至善的人否？在实际日常生活中，所谓至善是并无任何意义的。因此我亦不赞成"完人"那种思想。理想的人倒是一个相当规矩而能以自己之见解评判是非的人。在我看来，理想的人无非是一个近情的人，愿意认错，愿意改过，如斯而已。

以上所说的那种信仰未免太使真诚的基督教徒惶惑不安了。然而非大着胆不拘礼节地说老实话，我们是不配谈真理的。在这点上，我们该学科学家。在大体上，科学家的守住旧的物质定义不愿放弃，不肯接受新的学说，亦正有如我们不愿放弃陈旧的信仰。科学家往往与新的学说争执，然而他们毕竟是开通的，故终于听命他们的良心拒绝或接受新的学说了。新的真理总是使人不安的，正如突如其来的亮光总使我们眼睛觉得不舒服一样。然而我们精神的眼睛或是物质的眼睛经过调节以后，就觉得新的境遇毕竟也并不怎样恶劣。

然则剩下来还有什么呢？还有很多，旧的宗教的外形是变迁至模糊了，然宗教本身还在，即将来亦还是永远存在的。此处所谓宗教，是指基于情感的信仰，基本的对于生命之虔诚心，人对于正义纯洁的确信之总和。也许有人以为分析虹霓之彩色，或是在公园喷泉上设置人为的虹霓，我们对于主宰的信心就要消失，而我们的世界将要沦为无信仰的世界。然而不，虹霓之美，固犹昔也。虹霓或溪边微风并未因此而失去其美丽与神秘之一丝一毫。

我们还有一个信仰较为简单的世界。我爱此种信仰，因为它比较简单，颇为自然。我所说的得救的"工具"已没有了；其实对于我"得救"的目的也已没有了。那严父一样的上帝，对于我们的琐事也要查问的上帝，也没有了。在理论上互有关联的人本善说、堕落、定罪、叫人代理受罚、善性的回复，这些也被击破了。地狱没有了，天堂跟着也消逝了。在这样的人生哲学中，天堂这东西是没有地位的。这样也许要使心目中向往天堂的人不知所措了。其实是不必的。我们还是拥有一个奇妙的天地，表面上是物质的，然其动作则几乎是有灵智的，似有神力推动者然。

人的灵性亦并未受到影响。道德的境界乃非物理定律的势力所能及的。对虹霓的了解是物理学,然见虹霓而欣喜则属于道德的范围了。了解是不会、不应,并且也是不能毁灭心头的欣喜的。这便是信仰简单的世界,既不需用神学,亦不乞助于无据的赏罚,只要人的心尚能见美而喜,尚能为公道正义慈爱所感动,这样也就够了,规规矩矩地做人,做事以最高贵最纯洁的本性为准绳,原是应该的。其实这样也就是合乎教义了。我们既有秉自祖先的兽性——就是所谓人类进化过程中的罪恶——则以常识论,我们有一个较高贵的我与一个较低级的我。我们有高尚的本能,同时有卑劣的本能。吾人虽不信我们的罪恶是由撒旦作祟,然此非谓我们行事须依顺兽性也。

孟子说得好:"恻隐之心,人皆有之;羞恶之心,人皆有之;敬畏之心,人皆有之;是非人心,人皆有之。"孟子又说:"养其大者为大人,养其小者为小人。"

以论理言,唯物主义非必随旧的宗教观念之消灭与俱来,然在事实上唯物主义却接踵而至。因人本非逻辑的动物,人事本有奇特可笑处,在大体上,近代社会日趋唯物,而离宗教日远。宗教向为一组经神批准的一贯的信仰,它是不期然而然的情感冲动,并非理智的产物。冷酷的合理的信仰是不能替代宗教的。复次,宗教一事,由来已久,根深蒂固,有传统的力量,这部传统的规范倘或失去，并非佳事；然事实上竟已失去。这个时代又非为产生新教教主的时代。我们太爱批评故也。而个人私信对于合理的行为的信念，其力量以之与伟大的宗教相较，直有大巫小巫之差。这种私人的信念，以语上也者之君子则有余，对于下也者之小人则不足应付也。我们已处于进退维谷，左右为难之时代矣。

摩西与孔子对于行为的规范均与以宗教的意味，洵智慧的办法也。但在现代社会中我们既不能产生一个摩西或一个孔子，我们惟有走广义的神秘主义的一途，例如老子所倡导的那种。以广义言之，神秘主义乃为尊重天地之间自然的秩序，一切听其自然，而个人融化于这大自然的秩序中是也。

道教中的"道"即是此意。它含义之广是以包括近代与将来最前进的宇宙论。它既神秘而且切合实际。道家对于唯物论采宽纵的态度。以道家的说法看来，唯物主义并不邪恶，只是有点呆气而已。而对于仇恨与妒忌则以狂笑冲散之。对于恣意豪华之辈道教教之双简朴；对于度都市生活者则导之以大自然的优美；对于竞争与奋斗则倡虚无之说刚克柔之理以救济之；对于长生不老之妄想，则以物质不灭宇宙长存之理以开导之。对于过甚者则教之以无为宁静。对于创造事业则以生活的艺术调和之。对于刚则以柔克之。对于近代的武力崇拜，如近代的法西斯国家，道教则谓汝并非世间惟一聪明的家伙,汝往前直冲必一无所得,而愚者千虑必有一得,物极则必反,拗违此原则者终必得恶果。至于道教努力和平乃自培养和气着手。

在其他方面宗教的改革,我想结果是不会十分圆满的。我对宗教下的定义,方才已说了,是对于生命的崇敬心。凡是信仰总是随时变迁的。信仰便是宗教的内容,故宗教的内容必随时而异。

宗教的信条亦是无时不变的。"遵守神圣的安息日"此教条往昔视为重大非凡,不得或违,在今人看来则殊觉无关紧要。时处今日,来一条"遵守神圣的国际条约"的信条,这倒于世有益不浅。"别垂涎邻居的东西"这条教条,本含义至广,然另立一条"别垂涎邻国的领土"而以宗教的热诚信奉之,则较妥善多多,并更为有力量矣。"勿得杀人"的下面再加"并不得杀邻国的人"这几个字,则更为进步了。这些信条,本该遵守,然事实上则并不。于现代世界中创造一个包含这些信条的宗教殊非易事。我们是生存在国际的社会中,然而没有一个国际的宗教。

我们乃是活在一个冷酷的时代中。今人对于自己及人类,比一百五十年前法国的百科字典家还悲观无信念。与昔相较,我们愈不信奉自由平等博爱了。我们真愧对狄德罗及达·郎贝耳诸人。国际道德从没如今这样坏过。"把这世界交给一九三〇——一九三九年的人们真是倒霉！"将来的历史学家必是这么写的。只以人杀人一端而论，我们真是处于野蛮时代。野蛮行为加以机械化就不是野蛮行为了么？处于这个冷酷的时代惟有道家超然的愤世嫉俗主义是不冷酷的。然而这个世界终有一天自然而然地会变好的。目光放远点，你就不伤心了。

脸与法治 / 林语堂

中国人的脸，不但可以洗、可以刮，并且可以丢、可以赏、可以争、可以留，有时好像争脸是人生的第一要义，甚至倾家荡产而为之，也不为过。从好的方面讲，这就是中国人之平等主义，无论何人总须替对方留一点脸面，莫为已甚。这虽然有几分知道天道还好，还带点聪明的用意，到底是一种和平忠厚的精神。在不好的方面，就是脸太不平等，或有或无，有脸者固然快乐荣耀，可以超脱法律，特蒙优待，而无脸者则未免处处感觉政府之威信与法律之尊严。所以据我们观察，中国若要真正平等法治，不如大家丢脸。脸一丢，法治自会实现，中国自会富强。譬如坐汽车，按照市章，常人只许开到每小时三十五英里速度，部长贵人便须开到每小时五十、六十英里，才算有脸。万一轧死人，巡警走上来，贵人腰包掏出一张名片，优游而去，这时的脸便涨大。倘若巡警不识好歹，硬不放走，贵人开口一骂"不识你的老子！"，喝叫车夫开行，于是脸更涨大。若有真傻的巡警，动手把车夫扣住，贵人愤愤回去，电话一打给警察局长，半小时内车夫即刻放回，巡警即刻免职，局长亲临诣府道歉，这时贵人的脸，真大得不可形容了。

不过我有时觉得与有脸的人同车同舟同飞艇，颇有危险，不如与无脸的人同车同舟方便。比如前年就有位丘八的脸太大，不听船中买办的吩咐，一定要享受在满载硫磺之厢房抽烟之荣耀。买办怕丘八问他，识不识得"你的老子"，便就屈服，将脸赏给丘八。结果，这只长江轮船付之一炬。丘八固然保全出脸面，却不能保全其焦烂之尸身。又如某年上海市长坐飞机，也是脸面太大，硬要载运磅量过重之行李。机师"碍"于市长之"脸面"，也赏给他。于是飞机开行，不大肯平稳而上，市长又要给送行的人看看他的大脸，叫飞机在空中旋转几周，再行进京。不幸飞机一歪一斜，一颠一簸，碰着船桅而跌下。听说结果市长保全一副脸，却失了一条腿。我想凡我国以为脸面足为乘飞机行李过重而抵保的同胞，都应该断腿失足而认为上天特别赏脸的侥幸。

其实与有脸的贵人回国，也一样如与他们同车同舟的危险，时觉有倾覆或沉没之虞。我国人得脸的方法很多。在不许吐痰之车上吐痰，在"勿走草地"之草地走走，用海军军舰运鸦片，被禁烟局长请大烟，都有相当的荣耀。但是这种到底不是有益社会的东西，简直可以不要。我国平民本来就没有什么脸可讲，还是请贵人自动丢脸罢，以促法治之实现，而跻国家于太平。

辩论的
思考与逻辑

论政治病 / 林语堂

曲斋老人解"父母惟其疾之忧",说要人常患政治病,病就是下台,所以做父母的每引为忧。我想政治病,虽不可常有,亦不可全无。姑把我的意见,写下来如左。

我近来常常感觉,平均而论,在任何时代,中国的政府里头的血亏、胃滞、精神衰弱、骨节酸软、多愁善病者,总比任何其他人类团体多,病院、疗养院除外。自袁世凯之脚气,至孙中山之肝癌,以及较小的人物所有外内骨皮花柳等科的毛病合起来,几乎可充塞任何新式医院,科科住满,门门齐备了。在要人下野电文中比较常见的,我们可以指出:脑部软化、血管硬化、胃弱、脾亏、肝胆生石、尿道不通、牙蛀、口臭、眼红、鼻流、耳鸣、心悸、脉跳、背痛、胸痛、盲肠炎、副睾丸炎、糖尿、便闭、痔漏、肺痨、肾亏、喇叭管炎……还有更文雅的,如厌世、信佛、思反初服、增进学问、出洋念书、想妈妈等(毛病就在古文的不是,"养疴"二字若不是那样风雅,就很少人要生病了)……总之,人间世上可有之病,五官脏腑可反之常,应有尽有了。只有妇科不大有。其理由是中国女子上台下台者尚少,不然一定子宫下坠、卵巢左倾等等,也都不至无人过问了。同时一人可以兼有数病,而精神衰弱必与焉。

我已说过,政治病虽不可常有,亦不可全无。各人支配一二种,时到自有用处。凡上台的人,都得先自打算一下:我是要选哪一种呢?病有了,上台后,就有恃无恐,说话声音可以放响亮些。比方你是海军总长,而想提出一扩充海军增加预算的议案在阁议上通过,你若没有膀胱发炎或是失眠症,那个预算便十九没有通过的希望。假定你膀胱不能发炎,而财政部长却能血管硬化,(血压太高)他便占优势,而你立下风了。财政部长要对你说:"在这国帑空虚民穷财尽之时,你若坚持增加预算,我只好血压增高而辞职了。"那时你有什么办法?但假使你有膀胱发炎,你便有法宝在身了。你说:"你真不给我钱,我膀胱就得发炎了。"这样旗鼓相当,财政部长遂亦无话可说。此时行政院长若有点机智,他必拉你在旁附耳说:"老兄,你也不必这样坚持,财长的脾气是你所晓得的。我上回风湿都压不住他。他说要血压高，就一定血压高起来，在这外攻内患之时，文家应当精诚团结才好。所以兄弟说，你也不必坚执膀胱炎不炎了。改为失眠何如？你到汤山静养几天，而我也劝劝财长血压不要一定高，改为感冒，和衷共济，大事化为小事，小事化为无事，不就得了吗？"不一会，你已经驱车直出和平门，在汤山的路上了，而那海军预算提案也正在作宰予的昼寝。

我并非说，我们的要人的病都是假的。患痔漏的要人，委实痔漏，怔忡症的政客也委实怔忡。我知道阎锡山真正患过长期痢疾，那是阿米巴作祟。社会已经默认痢疾是阎先生的专门了，而我并不反对。同样的，冯玉祥上泰山时，也真正有咳嗽。我们所要指出的是，凡要人都应该有相当的病菌蕴伏着，可为不时之需，下野时才有货真价实的病症及医生的证书可以昭示记者。假定我做官，我不想发糖尿，尿而可糖，未免太笑话，西医的话本来就靠不住。大概肠胃中任何症都使得。我打算要有一个完全暴弃的脾胃及颓唐萎靡的神经。

我所以取消化病者，有以下的理由：做了官，这种病必定会发的，而且也合乎"吾从众"的古训。自然，我此刻有十分健全的脾胃，除了橡皮鞋以外，咽得下去的保管消化得来。但是无论你先天的脾胃怎样好，也经不起官场酬应中的糟蹋。我知道，做了官就不

论政治病

吃早饭,却有两顿中饭,及三四顿夜饭的饭局。平均起来,大约每星期有十四顿中饭,及二十四顿夜饭的酒席。知道此,就明白官场中肝病、胃病、肾病何以会这样风行一时。所以,政客食量减少消化欠佳绝不希奇。我相信凡官僚都贪食无厌,他们应该用来处理国事的精血,都挪去消化燕窝、鱼翅、肥鸭、焖鸡了。据我看,除非有人肯步黄伯樵、冯玉祥的后尘,减少饭菜,中国政客永不会有精神对付国事的。我总不相信,一位饮食积滞消化欠良的官僚会怎样热心办公救国救民的。他们过那种生活,肝胃若不起变化,才是奇事。我意思不过劝劝他们懂一点卫生常识,并提醒他们,肾部操劳过甚,是不利于清爽的头脑的。有人说谭延闿满腹经纶,我却说他满腹燕窝鱼翅。谭公为什么死啊?

闲话不提,总而言之,我们政府中比世界任何政府中较多闭结、脚气、肺痨、痔漏、神经衰弱、肚肠传染、膀胱发炎、肾部过劳、脾胃亏损、肝部生癌、血管硬化。脑汁糊涂的人物,人人在鞠躬尽瘁、为国捐躯、带病办公,人人皮包里公文中夹杂一张医生验症书,等待相当时机,人人将此病症书昭示记者赶夜车来沪,进沪西上海疗养院"养疴"去。疗养院的外国医生哪里知道,那早经传染的脏腑及富于微菌的尿道,是他们政治上斗争的武器及失败后撒娇的仙方。

中国人之聪明 / 林语堂

聪明系与糊涂相对而言。郑板桥曰:"难得糊涂。""聪明难,由聪明转入糊涂为尤难。"此绝对聪明语,有中国人之精微处世哲学在焉。俗语曰:"聪明反为聪明误。"亦同此意。陈眉公曰:"惟有知足人,鼾鼾睡到晓,惟有偷闲人,憨憨直到老。"亦绝顶聪明语也。故在中国,聪明与糊涂复合为一,而聪明之用处,除装糊涂外,别无足取。

中国人为世界最聪明之一民族,似不必多方引证。能发明麻将牌戏及九龙圈者,大概可称为聪明的民族。中国留学生每在欧美大学考试,名列前茅,是一明证。或谓此系由于天择,实非确论,盖留学者未必皆出类拔萃之辈,出洋多由家庭关系而已。以中国农工与西方同级者相比,亦不见弱于西方民族。此尚系题外问题。

中国人之聪明

惟中国人之聪明有西方所绝不可及而最足称异者，即以聪明抹杀聪明之聪明。聪明糊涂合一之论，极聪明之论也。仅见之吾国，而未见之西方。此种崇拜糊涂主义，即道家思想，发源于老庄。老庄固古今天下第一等聪明人，道德经五千言亦世界第一等聪明哲学。然聪明至此，已近老猾巨奸之哲学，不为天下先，则永远打不倒，盖老猾巨奸之哲学无疑。盖中国人之聪明达到极顶处，转而见出聪明之害，乃退而守愚藏拙以全其身。又因聪明绝顶，看破一切，知"为"与"不为"无别，与其为而无效，何如不为以养吾生。只因此一着，中国文明乃由动转入静，主退，主守，主安分，主知足，而成为重持久不重进取，重和让不重战争之文明。

此种道理，自亦有其佳处。世上进化，诚不易言。熙熙攘攘，果何为者。何若"退一步想"，知足常乐以求一心之安。此种观念贯入常人脑中时，则和让成为社会之美德。若"有福莫享尽，有势莫使尽"，亦极精微之道也。

惟吾恐中国人虽聪明，善装糊涂，而终反为此种聪明所误。中国之积弱，即系聪明太过所致。世上究系糊涂者占便宜，抑系聪明者占便宜，抑系由聪明转入糊涂者占便宜，实未易言。热河之败，败于糊涂也。惟以聪明的糊涂观法，热河之失，何足重轻？此拾得和尚所谓"且过几年，你再看他"之观法。锦州之退，聪明所误也。使糊涂的白种人处于同样境地，虽明知兵力不敌，亦必背城借一，宁为玉碎，不为瓦全，与日人一战。夫玉碎瓦全，糊涂语也。以张学良之聪明，乃不为之。然则聪明是耶，糊涂是耶，中国人聪明耶，白种人聪明耶，吾诚不敢言。

否所知者，中国人既发明以聪明装糊涂之聪明的用处，乃亦常受此种绝顶聪明之亏。凡事过善于计算个人利害而自保，却难得一糊涂人肯勇敢任事，而国事乃不可为。吾读朱文公《政训》，见一节云：

> 今世士大夫，惟以苟且逐旋捱事过去为事。捱得过时且过。上下相咻以勿生事，不要理会事。且恁鹘突，才理会得分明，便做官不得。有人少负能声，及少经挫抑，则自悔其太惺惺了了，一切刻方为圆，随俗苟且，自道是年高见识长进……风俗如此，可畏可畏！

可见宋人已有此种毛病，不但"今世士大夫"然也。夫"刻方为圆"，不伤人感情，不辨是非，与世浮沉，而成一老猾巨奸，为个人计，固莫善于此，而为社会国家计，聪明乎？糊涂乎？则未易言。在中国多一见识长进人时，便是世上少一做事人时；多一聪明同胞时，便是国事走入一步黑甜乡时，举国皆鼾鼾睡到晓，憨憨直到老。举国皆认三十六计走为上计之圣贤，而独无一失计之糊涂汉子。举国皆不吃眼前亏之好汉，而独无一肯吃亏之弱者，是国家之幸乎？是国家之幸乎？

然则中国人虽绝顶聪明，归根结蒂，仍是聪明反为聪明误。呜呼！吾焉得一位糊涂大汉而崇拜之。

本文系承《星洲日报》之邀，撰寄该报者，搁笔后颇有骨鲠之感，乃转抄一纸，登刊此地，使与国内同胞相见。

悲观 / 梁实秋

悲观不是消极。所以自杀的人不是悲观；悲观主义者反对自杀。

悲观是从坏的一方面来观察一切事物，从坏的一方面着眼的意思。悲观主义者无时不料想事物的恶化，惟其如此，所以他最积极地生活，换言之，最不为虚幻的希望所误引入歧途，最努力地设法来对付这丑恶的现实。

叔本华说，幸福即是痛苦的避免。所谓痛苦是实在的，而幸福则是根本不存在的。痛苦不存在时之状态，无以名之，名之曰幸福。是故人生之目标，不在幸福之追求，而在痛苦之避免。人生即是一串痛苦所构成。能避免一分的苦痛，即是一分的幸福。故悲观主义者待人接物，步步为营，不求有功，但求无过。这是悲观主义的真谛。

从坏处着想,大概可以十猜十中百猜百中;从好处着想,往往一次一失望十次十失望。所以乐观者天真可爱,而禁不住现实的接触,一接触就水泡一般的破灭。悲观者似乎未免自苦,而在现实中却能安身立命。所以自杀者是乐观的人,幸福者倒是悲观的人。

本篇最初发表于一九三三年六月二十四日、七月一日天津《益世报·文学周刊》第三十期和三十一期。

辩论的
　思考与逻辑

说胖 / 梁实秋

第三十二期《宇宙风》有《文学作家中的胖子》一文，署名为上官碧，其中有一段是说我的：

有人在某种刊物上说：北大教授梁实秋先生像个"老板"；以为教书神气像，划拳神气更像。穿的衣服本来和别人用的材料差不多，到他身上好像就光亮不同，说的话本来和别人是同一问题，到他口上好像就意义不同。这种描写当然不大确实。梁先生原籍虽是浙江，其实北京人的成分倒比较重。饭酒食肉的洪量不必说，只看看他译莎士比亚可以知道。北方人照例是爽直而坦白的，梁先生译莎士比亚戏剧用的就是这种可爱态度。因为剧本是韵文，不易译，译来又不易懂，梁先生就直爽坦白的用普通语体文译它。此外

说胖

论诗也仿佛是一个北京人,"明白易懂"是他认为理想的好诗。

这一段话不管说得对不对,总是因为我胖,所以才被人编排在"文学作家中的胖子"之列,虽然我知道我压根儿就不是"文学作家"。一个文学作家,第一得"作",第二得成"家",我是不够这资格的,这个称呼应该留给更适当的人。至于"胖子",则胖瘦之间原无明显的界限,似乎鲁迅先生在论"第三种人"时说过这话,一个人非胖即瘦,非瘦即胖,处在中间的人也是或近于胖或近于瘦,这样说来,我被列入胖子一类也是无可分辩的。不过若说我译莎士比亚用散文,并且以"明白易懂"为"理想的好诗",都是因为我有较重的"北京人的成分",这点道理可有点奥妙,可怜我是北京人,我不大懂了。用散文译莎士比亚,在这个世界上,我不是第一个人。法文里有散文译本,德文里也有散文译本。坪内逍遥的译本我没有见过,是不是散文我不知道。北京人成分不重的田汉先生,他译的莎士比亚也是散文的。用散文译莎士比亚是否合适,是一个可以讨论的问题,但是与我的籍贯似乎不见得有什么关系。至于说我以"明白易懂"为"理想的好诗",则我真真不服,我从来没说过这样的话,我就是再胖些也不会说出这样的话。

胖是一种病,瘦也是一种病,所以最好还是不胖不瘦的做一个鲁迅先生所认为不存在的第三种人。假如做第三种人不可能,那么也是以近于瘦比近于胖要好得多。何以呢?近于胖,则俗;近于瘦,则雅。一个文人,一个作家,总宜于瘦,一胖起来就觉得不称,就大可以加以检举引为谈料。李白有诗嘲杜甫:"饭颗山头逢杜甫,头戴笠子日卓午。借问别来太瘦生,总为从前作诗苦。"李白大概是近于胖,所以才这样说。黄山谷戏和文潜诗:"张侯哦诗松韵寒,六月火云蒸肉山。"这是拿胖人取笑的。传统的正规的文人相,是应该清癯纤瘦弱不胜衣的。《世说》:"庾公造周伯仁,周曰:'君何所欣说而忽肥?'庾曰:'君复何所忧惨而忽瘦?'伯仁曰:'吾无所忧,直是清虚日来,滓秽日去耳。'""心广体胖"还算是很客气的说法,若不客气的说,就是滓秽壅积,就是俗。

有些人,我们希望他是个瘦子,见了面他偏偏是个胖子,这时候我们心里不免就要泛起一种又惊异又失望的情绪,觉得是杀风景,扫兴!富贵中人应该是丰颐广颡了,然而也不尽然,在历史上司马温公便是著名的枯瘦。做"老板"的人也大有面如削瓜的。这虽然是例外,然而也就证明了一件事,人之胖瘦往往不由自主的惹看者扫兴失望,这实在是大大的遗憾。即以想像中的人物而论,就说我用散文译的那个莎士比亚罢,他的作品中的人物如孚尔斯塔夫是个胖子,这是大家都满意的,不胖怎能显得是痴蠢?但是哈姆雷特就应该是近于清癯一类才对劲儿,然而呢,莎士比亚却把他写成一个胖子,他斗剑的时候,他的母亲不是说他太胖爱喘爱出汗吗?说起来也巧,莎士比亚的伙伴担任扮演哈姆雷特的白贝子也是个胖子。有人说,就因为这位演员胖,所以哈姆雷特才被写成为胖。这也许是,然而多么不合于我们的想像呀!

从健康上着想,胖是应该设法治疗的。"饮酒食肉"是致胖的原因之一,但素食戒酒也不一定就是特效的治疗法。若为了欲求免俗而设法祛胖,我以为是大可不必的。俗而胖,与俗而瘦,二者之间若要我选一个,我宁愿俗而胖,不愿俗而瘦,因为反正都是俗,与其外表风雅而内心俗陋,还不如里外如一的俗!

本篇最初发表于一九三七年二月二十二日《北平晨报·文艺》第七期。

吃醋 / 梁实秋

世以妒妇比狮子。（在阁《知新录》）

狮子日食醋一瓶。（《续文献通考》）

忽闻河东狮子吼，拄杖落地心茫然。（东坡《嘲季常诗》）

醋是一种有酸味的液体，以酒发酵酿成者也。是佐味必备之物，吃饺子尤其少不了它，如镇江之醋，如山西老陈醋均为醋中上品。这篇文章说的却不是这种醋，说的是每一个人蕴之于心，形之于外的心理上的醋。

夫妇居室，大凡非相生即为相克。相生是阴阳得济再好没有；若不幸而相克，则从古以来"二虎相争，必有一伤"，当然必有一个克得过，一个克不过。为什么不相生而相克呢？理由很多，吃醋是很重要的理由之一；常常老爷不跟太太好而跟另一位好，或者是太太不跟老爷好而跟另一位好。这么一来，对方当然嫉妒，可是并非嫉妒对方，而是嫉妒那个另一位；不过另一位很不易与之发生正式冲突；于是一腔酸气便全发在对方的身上，因而相克，即所谓吃醋。所以吃醋原是双方的，并不仅在太太方面。可是最著名的例子却是太太造成，宋朝的陈季常先生瞒了太太鬼头鬼脑地召妓饮酒，被陈太太知道了跑到隔壁，把板壁一敲，于是陈先生"忽闻河东狮子吼，拄杖落地心茫然"，"茫然"两字，最得其神，千年之后我们都可想见其可怜的狼狈之状。然而他这是活该，可怜不足惜。最倒楣的就是陈太太落了个"河东狮子"的名字，千秋万世不能解脱。

传说释迦牟尼佛生时，一手指天，一手指地，作狮子吼，云：天上天下，唯吾独尊。狮子是兽中之王，大声一吼，自然群兽慑伏。佛家就说狮子吼而百兽伏，以喻正义伸而群言沮。古人把善妒之妇与释迦牟尼佛相提并论，其重视的程度可以想见。

有一种捕风捉影的吃醋，令人莫名其妙，谓之吃飞醋。

剃头的挑子一头热，自己酸气冲天，气得七颠八倒，而对方满没理会，此之谓吃寡醋。

亦有人把这个醋吃得非常温柔，小巧而可爱，以退为进，适可而止，纵横捭阖，不可向迩，结果求福得福，求利得利。这是吃醋吃到了家的。否则弄巧成拙，不但吃了亏，还会被别人说闲话，说是醋坛子、醋坯子、醋瓶子……

又有一种人茅包脾气，性如烈火。醋劲上来，急火攻心；不管三七二十一，拳头嘴巴齐上，手枪刀子全来。于是演出惨绝人寰的大悲剧。这是白热化的醋缸大爆炸，为智者所不取。

这是男女间的吃醋，虽因情形之异而结果不同，可是出发点全是好的。它的演进是：由爱生疑，由疑生醋。

吃醋固不仅男女而然也。既然嫉妒之心，人皆有之，既引小喻大，何时何地不能吃醋？同行相轻，常常是吃醋使然；我不服你，你不服我，这其间的真是非原是不容易分出来的。社会之中，名利争夺，在在都有引起吃醋的可能。

醋的力量之大，既如上述，我们决不能忽视他。不过假如我们真有这样大的醋劲非发泄不可的话，我们何妨转移目标，把这一股泼辣的力量用在一种伟大的事业上去呢？

本篇最初发表于一九三八年十二月二十二日《中央日报·平明》。

为什么不说实话？ / 梁实秋

听一个朋友说起一个有趣的故事，这是个老故事，但我是初次听见，所以以为有趣。他说：

有一家酒店，隔壁住着好几个酒徒，酒徒竟偷酒喝，偷酒的方法是凿壁成穴，以管入酒缸而吸饮之，轮流吸饮，每天夜晚习以为常。酒店老板初而惊讶酒浆损失之巨，继而暗叹酒徒偷饮技术之精，终乃思得报复之道。老板不动声色，入晚于置酒缸之处改置小便桶一，内中便溺洋溢，不可向迩。夜深人静，酒徒又来吮饮，争先恐后，欲解馋吻。甲尽力一吸，饱尝异味，挤眉咧嘴，汩汩自喉而下，刚要声张，旋思我若声张，别人必不再来上当，我独自吃亏，岂不太冤枉乎？有亏大家吃。于是甲连呼"好酒！好酒"

辩论的
　思考与逻辑

而退，乙继之，亦同样上当，亦同样不肯独自上当，亦连呼"好酒！好酒"而退。丙丁戊己，循序而饮，以至于全体酒徒均得分润。事毕环立，相视而笑。

我听过这个故事之后，心里有一点明白为什么有些人不肯说老实话。有些人宁愿自己吃亏，宁愿跟着别人吃亏，宁愿套引别人跟着他吃亏，而也不愿意把自己所实感的坦白直说出来。因为说出来之后，别人就不再吃亏，而他自己就显着特别委屈。别人和他同样的吃亏，他就觉得有人陪着他吃亏了，不冤枉了。

我又想：万一其中有一个心直口快，把老实话脱口而出，这个人将要受怎样的遭遇呢？我想这个人是不受欢迎的，并且还要受到诅咒，尤其是那些已经饮过小便而貌做饮过醇酿的人必定要骂这个人是个呆瓜！

要下水，大家拖下水。谁也不说老实话。说老实话就是呆瓜！

这种心理，到处皆然，要不得！

本篇最初发表于一九三八年十二月二十七日《中央日报·平明》。

义愤 / 梁实秋

有一天我从马路上经过,看见壁上有一幅硕大无朋的宣传画,上面写着"我们要驱逐倭寇收回失地",画的是一个倭兵,矮矮的身量,两腿如弓,身上全副披挂,脸上满是横肉,眼里冒着凶焰,嘴里露着獠齿,作狞笑状。他脚底下是一堆一堆的骷髅,他身背后是一摊一摊的瓦砾。他代表的是凶残、破坏、横暴、黑暗。这幅画的确画得不坏,因为它能活画出倭兵的一副穷凶极恶的气概。

过几天,我又从这里经过,我又回过头望望这幅壁画,情形稍微有点两样了。这画里的倭兵身上沾满了橘子瓤,脸上身上都沾满了橘子瓤。这些橘子,一经沾上,是不容落下来的。我略略查看,橘子瓤的块数,总不在白八十以上,而且大多数都很准确的命中了,想见投掷的技术很不坏的。

投橘子瓣的是些什么人呢？当然是我们的爱国的民众。他们为什么要这样做呢？当然是因为激于义愤。他们看见这幅画里的倭兵，就想起真的倭兵来了，于是义愤填膺，顿起杀贼之念，可巧四川的橘子既多且贱，可巧嘴里正嚼着一瓣橘子，于是忍无可忍，哌的一声将橘瓣吐在手里，飕一声掷将过去，啪的一声不偏不倚的命中了倭兵的身上。一个人这样做，许多人起来仿行。顷刻而倭兵遍体疮痍，而我所费者仅为本来要吐在地上的百十八块橘瓣而已。

平心而论，这些义愤之士都是可钦佩的。他们是有良心的，他们是爱国的。从前我游西湖，看见岳坟前有不少人围绕着秦桧的铁像小便，大家争先恐后的向他身上浇冲，有些挤不进的便在很远的地方吐送一口黏痰过去。这件事虽与公共卫生有碍，然而也是一种义愤的表示。这都证明人心未死。

不过，我常想，假如我们把这种义愤积蓄起来，假如我们不亟亟的把橘瓣作为宣泄义愤的工具，假如我们能用一个更有效的方法使敌人感受一些真实的打击，那岂不是更好吗？

听说普法战后，法国的油画院中陈列着普兵屠害法人的画片，令法人有所警惕。这并非是"长他人的威风，灭自己的志气"，这是要锻炼磨砺人民的复仇心。听说那些画片上并没有橘子瓣或黏痰之类。

我们要驱逐倭寇,收回失地。那幅壁画是提醒我们这种意志的。戏台上的曹操,我们杀他做啥子?

本篇最初发表于一九三九年一月十日《中央日报·平明》。

火 / 梁实秋

忽然听得人声鼎沸,门外有跑步声。如果我有六朝人风度,应该充耳不闻,若无其事者然,这才显得悠闲高旷,管宁华歆割席的故事我们不该忘怀。但我究竟未能免俗,"风声鹤唳草木皆兵",这些年来乱离的经验太多,听见一点声响就悚然而惊,何况是嘈杂的人声发于肘腋,焉能不矍然而作,一探究竟呢?

走到户外,只见西南方一股黑烟矗立在半天空,烧烤的味道扑鼻而来,很显然的,是什么地方失火了。

我打开街门,啊,好汹涌的一股人流!其中有穿长袍的,有短打的,有跂着拖鞋的,有抱着吃奶的孩子的,有扶着拐杖的,有的是呼朋引友,有的是全家出发,七姑姑八姨姨,扶老携弱,有说有笑的向着一个方向急行。

火

我随波逐流的到了巷口。火势果然不小。火舌从窗口伸出来舐墙,一团团的火球往天空迸,一阵阵的白烟间杂着黑烟,烟灰被风吹着像是香灰似的扑簌而下。

街上挤满了人,黑鸦鸦一片,凡是火的热气烤不着的地方都站满了人,人从四面八方的赶了过来。有一家茶叶铺搬出好几条板凳,招待亲友,立刻就挤满了,像兔儿爷摊子似的,高高的,不妨视线,得看。

有一位太性急的观客,踩了一位女客的脚,开始"国骂"。这是插曲,并不被人注意。

有一个半大的小子爬上树了,得意的锐叫起来,很多的孩子都不免羡慕。

邻近的屋顶上也出现了人,有人骑在屋脊上。

火场里有人往外抢东西,我只见一床床的被褥都堆在马路边上了。箱笼,木盆,席子,热水壶……杂然并陈。

一面是表演,一面是观众,壁垒森严。观众是在欣赏,在喝彩。观众当然不能参加表演。

哗唧哗唧的响,消防队来了,血红的车,晶亮的铜帽,崭新的制服,高筒的皮靴,观众看着很满意,认为行头不错。

皮带照例是要漏水的。横亘在马路上的一截皮带,就有好几处喷泉，喷得有丈把高。路上是一片汪洋。

水像银蛇似的往火里钻，嘶嘶的响。倏时间没有黑烟了，只剩了白烟，又像是云雾。看样子，烧了没有几间房。

"走罢！没有什么了。"有人说。

老远的还有人跑来，直抱怨，跑一身大汗，没看见什么，好像是应该单为他再烧几间房子才好。

观众渐渐散了，像是戏园子刚散戏。

本篇最初发表于一九四七年九月二十八日《益世报·星期小品》第十一期。